はしるはしる

あづま路の道の果てよりも
なほ奥つ方に生ひ出でたる人
いかばかりかはあやしかりけむを
いかに思ひ始めけることにか
世の中に物語といふものの
あんなるを
いかで見ばやと思ひつつ

『源《げん》氏《じ》物《もの》語《がたり》』に
心を奪われた
娘《ムスメ》が
ここにおりました――

小迎裕美子
菅原孝標女

監修＝赤間恵都子
（十文字学園女子大学名誉教授）

胸はしる

更《さら》級《しな》日《にっ》記《き》

時はかれこれ
1000年前の
平安中期——
紫式部《むらさきしきぶ》が書いた
『源氏物語』を
五十四巻からなる
世界最古の
長編小説
読みたくて
読みたくて
震える娘《ムスメ》が
おりました。
しかし
その娘《ムスメ》は
京の都からは
ほど遠い——
東国の
へんぴな
片田舎に
住んでおり——
都
このへん
物語なんぞは
簡単に
手に入る
わけもなく——

沼落ちする1008年生まれ。

菅《すが》原《わらの》孝《たか》標《すえの》女《むすめ》ってこんな人。

そんなムスメ──
5代前は
菅《すが》原《わらの》道《みち》真《ざね》
で──
ひいおじいちゃんのおじいちゃん
学問の神様
大宰府
母方の伯母は──日本最古の女流日記の作者
藤《ふじ》原《わらの》道《みち》綱《つなの》母《はは》
夫が…夫が帰ってこない……
蜻蛉日記
なげきつつ一人寝《ぬ》る夜の明くる間はいかに久しきものとかは知る
本朝三美人のひとり

※父の妻
東国で暮らしを共にし旅したまま母※は宮仕え経験豊富な歌人
ふっふっふ
※上総《かずさの》大《たい》輔《ふ》
——と後に呼ばれる
源氏物語を吹き込んだのは私です
と、いう
何とも恵まれた環境に見えますが
でも田舎育ちだし
わたしは
わたし。

※高階成行女《たかしなのなりゆきのむすめ》。P78参照。

瞬殺か…真綿方式かはわかりませんが。

※ 千葉県市原市あたり

胸ときめかせる
喜びの人生と
その果てを――
50才を過ぎてから
振り返って書いた
回想録
UKIFUNE
LOVE
いろ
よろめき
ざわめき
ゆらめき
きらめき
ときめき
原稿用紙70枚にも
満たない……
わりには、じつは
なんだか盛りだくさんな
愛すべき普遍的な日々
それが
更級日記です
平凡な
主婦の
悔恨の回想録?
さて?
どうでしょうか

はじめに…

紫式部や清少納言《せいしょうなごん》のように誰もがみんな知っている、という人物ではないかもしれません。菅原孝標娘。藤原道長率いる藤原家による摂関政治は最盛期。ドラマチックな政変に巻き込まれる事もなく、どちらかといえば穏やかな立場を生きた中流貴族の女性です。


好きなものに出会ってしまい、狂いながら突っ走り追い求める喜びと輝き。

心奪われる何かに撃たれた瞬間がある人ならば、思い当たるフシがあるのでは。

それが「物語」でも「映画」でも「アイドル」でも「鉄道」でも。

1000年前も人の情熱の暴走は同じ、という事実に胸はしります。

「はしる」とは、ワクワク、という意味で「はしるはしる」と2つ重ねた言葉はムスメオリジナルの言葉だそうです。


盛り上がりに欠け、毒もなく地味で凡庸、と言われがちな『更級日記』ですが、

ちょっと待って！　平凡か？


平凡というより異常じゃないか？　ちょっと異常で波乱万丈。だけどやっぱり普遍的。

希望に満ちた情熱強火オタク全開な前半部分と、気がつけば夢見る頃を過ぎ、目の前には結婚、親の老化、あぁ、いつの世も……という人生の現実が立ちはだかります。しかし、ここ

で抗ったり逃げたり出家したいと言い出したりしないムスメの合気道のような受け身の姿勢。

ザ・がんばりすぎないマインド。

読めば読むほど不思議な味わいが深まる日記です。

この本はナゴン[※1]、シキブ[※2]に続いての3巻目にあたります。

なぜ、菅原孝標女なのか？　といえばムスメは1008年生まれ。ムスメが愛してやまない『源氏物語』がこの世に登場したのも1008年。運命！

ナゴンやシキブの人生に登場した人も出てきます。繋がってゆきます（ちなみにシキブ970年ごろ生まれ、ナゴン966年ごろ生まれなのでムスメとは約40歳差の先輩です）。

「夢見たことが何一つ叶わなかった人生だった」と、ムスメは書いていますがはたしてそうでしょうか。1000年前を生きた愛すべきムスメのはじける思春期から、老残と言われる苦み走った（？）晩年までを記したある一生の日記。共有できれば幸いです。

この本では敬意と愛情を込めて「ムスメ」と呼ばせていただきます。

※1　本シリーズの第1巻『新編　本日もいとをかし!!　枕草子』主人公清少納言の呼称。本来は「少納言」が正しいのですが、愛称として「ナゴン」と呼びます。

※2　本シリーズの第2巻『新編　人生はあはれなり…　紫式部日記』主人公紫式部の呼称。

胸はしる更級日記 もくじ

ふりかかる現実!!……一〇五

愛と青春の旅立ち

夢見る頃が過ぎても

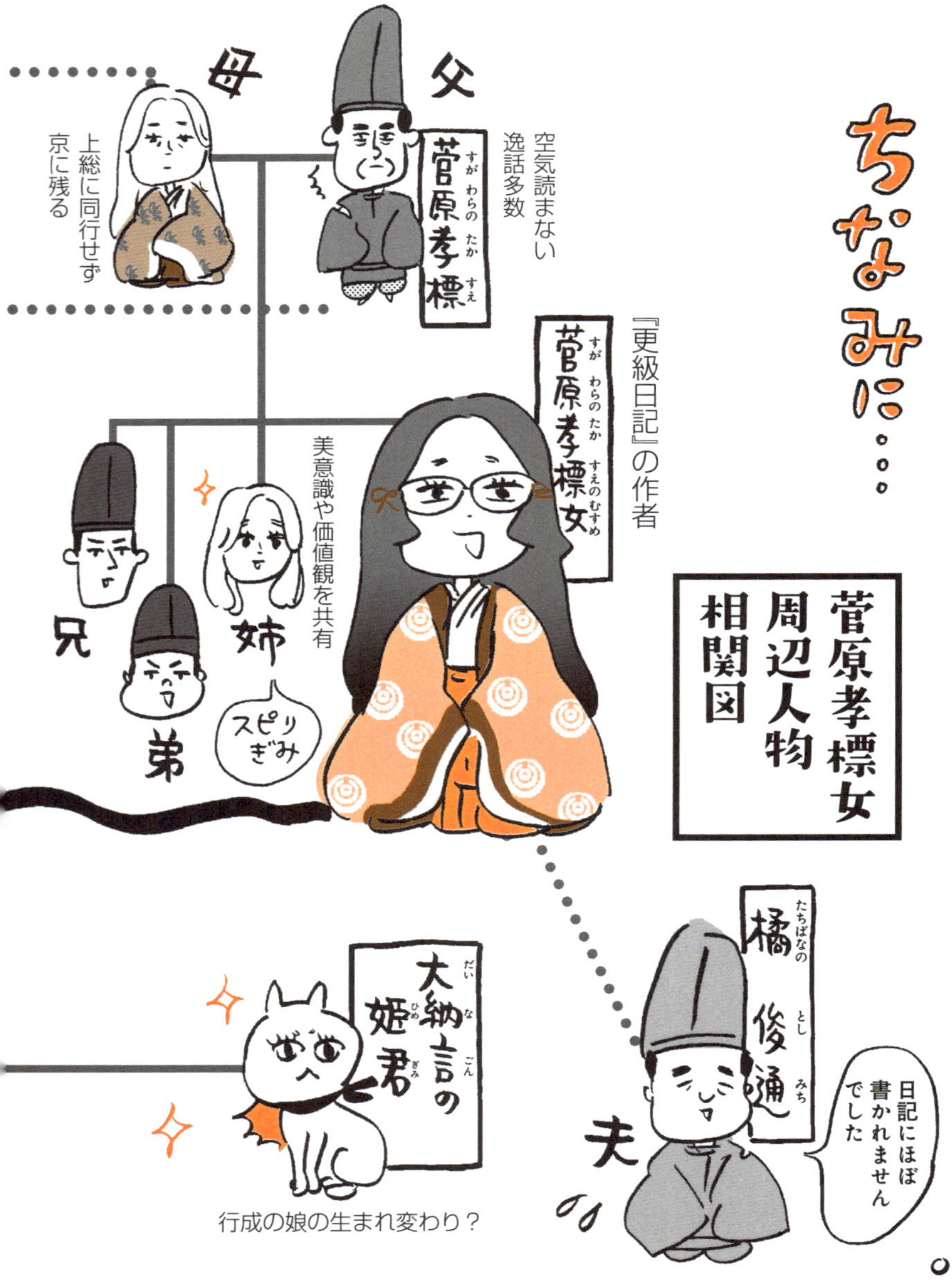

ちなみに。。。
菅原孝標女周辺人物相関図
父
菅《すが》原《わらの》孝《たか》標《すえ》
空気読まない逸話多数
母
上総に同行せず京に残る
菅《すが》原《わらの》孝《たか》標女《すえのむすめ》
『更級日記』の作者
美意識や価値観を共有
姉
スピリぎみ
兄
弟
橘《たちばなの》俊《とし》通《みち》
夫
日記にほぼ書かれませんでした
大《だい》納《な》言《ごん》の姫《ひめ》君《ぎみ》
行成の娘の生まれ変わり？

菅《すが》原《わらの》道《みち》真《ざね》
学問の神様といわれている
5代前の先祖
伯母
藤《ふじ》原《わらの》道《みち》綱《つなの》母《はは》
あの
『蜻蛉日記』の作者
かげろふ日記
まま母
上《かず》総《さの》大《たい》輔《ふ》
歌人
上総に共に行き
『源氏物語』を吹き込む
世界最古の長編小説
『源氏物語』の作者
紫《むらさき》式《しき》部《ぶ》
源氏物語
書道の大御所
藤《ふじ》原《わらの》行《ゆき》成《なり》
清《せい》少《しょう》納《な》言《ごん》と親交もあった
藤《ふじ》原《わらの》定《てい》家《か》
明月記
小倉百人一首の撰者
この人が『更級日記』を
書き写してくれた

菅原孝標ムスメという呼称

この本の主人公は「ムスメ」です。『更級日記』の作者は菅原孝標女で、女と書いてムスメと読むので、ここを取ったわけですね。でも、娘というのは普通名詞なので、これを固有名詞のニックネームにするのは何だか変です。変なのですが、この呼称が平安時代の女性の立場をよく表しています。

たとえば現代社会でも、「あなたのムスメさん、おいくつですか」と問いかけますが、この場合、ムスメは彼女の親との関係で示されており、主体は親にあります。現代では女性も様々な職に就いて自立し、個人として氏名で呼ばれますが、平安時代は家から離れることがなく、家柄や身分に縛られた人生でした。したがって、どの父親のムスメかが女性の立場を示す重要な情報だったのです。

宮廷で働いた女性の場合も、宮仕え名は基本的に家の姓と親族の官職名から付けられました。たとえば紫式部は、父の藤原為時《ためとき》の官職が式部丞《しきぶのじょう》だったので、当初は藤式部《とうしきぶ》と呼ばれました。後に、『源氏物語』にちなんで、藤が紫になったと考えられています。

一方、菅原孝標女も宮仕え名があったはずなのに残っていないのは、ムスメの呼称が少女の頃の夢を追い続けた『更級日記』の主人公に相応《ふさわ》しかったからでしょう。

平安時代の女性にも親族間で呼ぶ名はありましたが、社会においては個々の名は無用だったので、皇室関係の女性以外は記録に残りません。例外として、中流階級でも天皇の乳母になり三位《さんみ》を得た女性は名が残りました。その一人が後冷泉《ごれいぜい》天皇の乳母になった紫式部の娘の賢子《けんし》でした。

もう一度いいます
50代になった私が
ふり返って
書いております
ゆえ

The SARASHINA Diary

イントロダクション

欲望

◆一心不乱にぬかづいて!!

あづま路《じ》の果て
常陸《ひたち》の国よりも
もっともっと
奥のほうで
育った――
野暮ったい娘。
それが私。
ムスメ
13才
世の中に
物語
というものが
あると知りました
あんなのや
こんなの…

そして
源氏物語
姉やまま母が話しているのを聞いたりするとますます
姉
光・輝く源氏の君が〜
すてきなのよね、
まま母
聞かせて
葵の上はせつなくて
朧月夜はかっこいいの
藤壺って罪なんよね〜
もっとくわしく
六条御息所はかわいそう
車争いの事件は胸がいたむわね

聞かせてほしいとせがんでも——
うおーしっ
そこを何とかーっ
ちゃんと教えてー
暗記してるわけじゃないから…
覚えてないわー
うろ覚え…
続きを知りたい…どうしても読みたい
ところどころじゃなくて全部を

こんな田舎では
物語は手に入らない…
姫君たちはどうなっていくの？
あとにどんな世界が広がっていくの？
日々、憧れはつのるばかりでもどかしく
らちが明かないので私は――

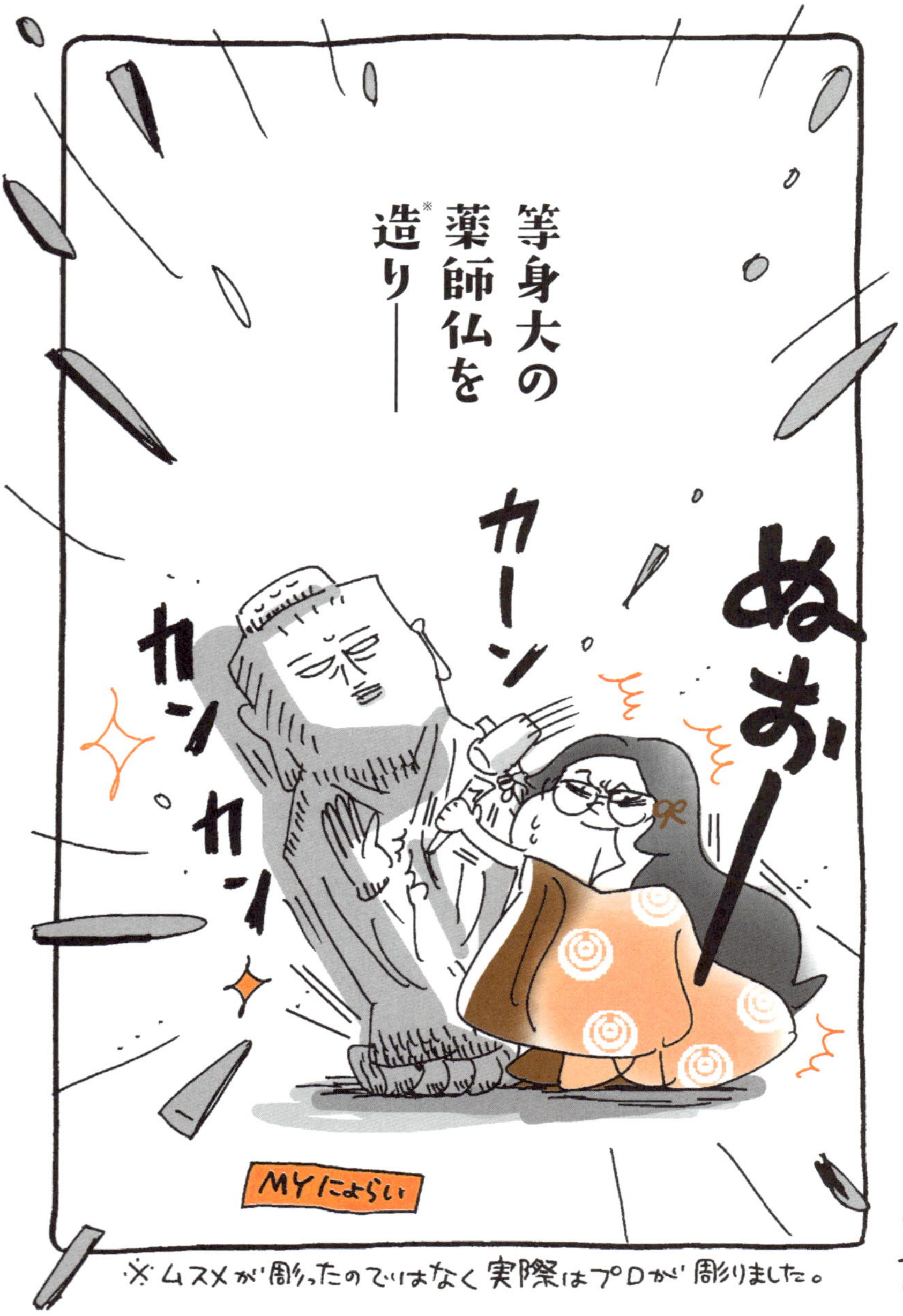

※ムスメが彫ったのではなく実際はプロが彫りました。

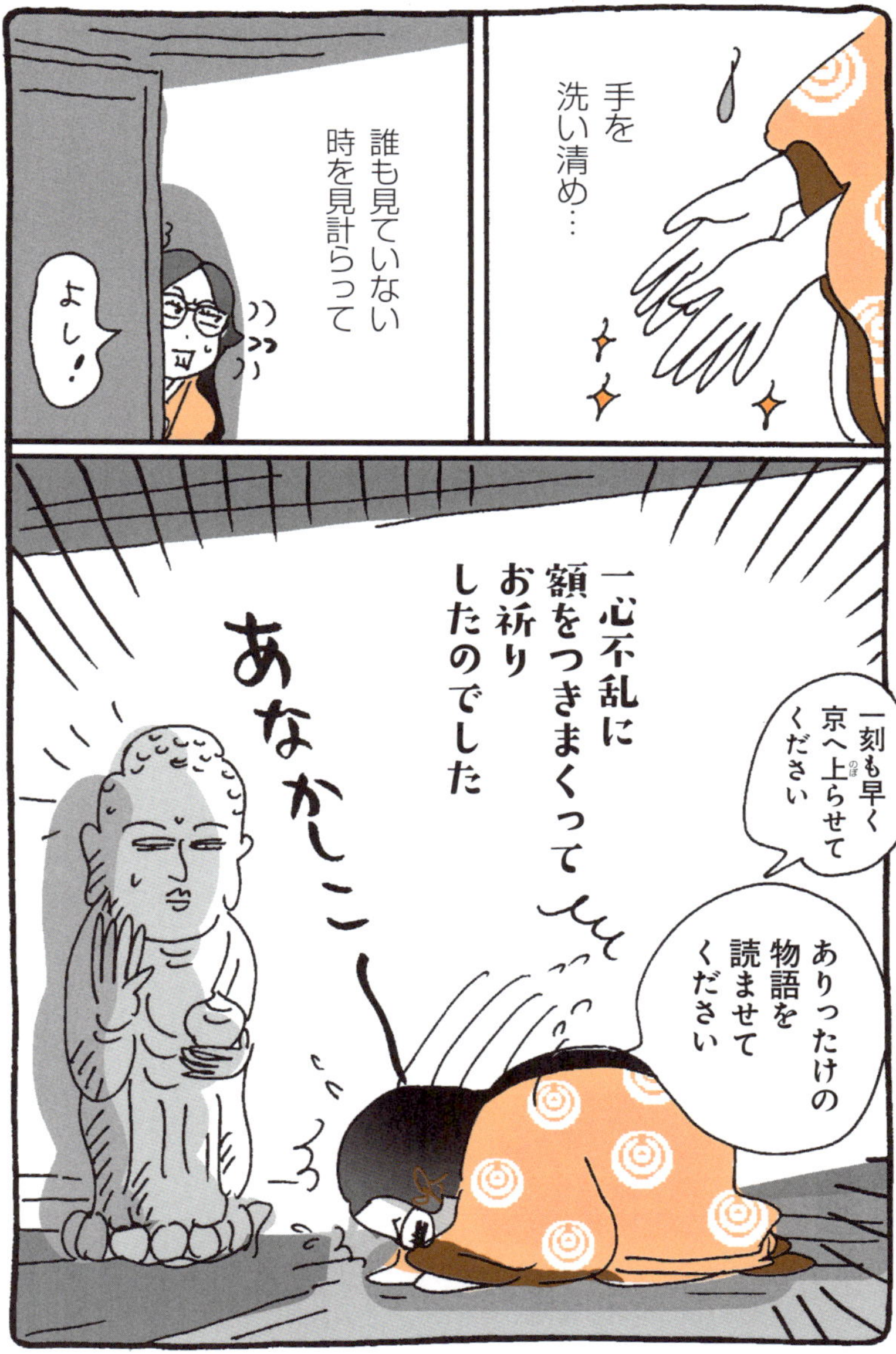
手を洗い清め…
誰も見ていない時を見計らって
よし!
一刻も早く京へ上《のぼ》らせてください
ありったけの物語を読ませてください
一心不乱に額をつきまくってお祈りしたのでした
あなかしこ

◆祈り続けたその結果…

この地での任期が終わったから
京へ戻ることになったぞ
父、孝標
願いが叶いついに上京することに
祈りが通じたー
仏さまのおかげだわー

引っ越すために家具や調度を取り払ったこの長年過ごした家も
ガラーーーン
ガラーンとしちゃった
こんなに広かったっけ？
早く出発するわよ
支度にバタバタと大騒ぎをして日も沈み際の夕暮れ一面に霧の立ち込める頃

振り返ると
何度も
お祈りした
薬師仏さまが
ぽつん
見捨てて行くの…
申し訳なくて
つらすぎる…
うっ…
重すぎるし
都まではつれていけないから
仕方ないよ～
ムスメ13才の秋――
京へ――

まま母とは
孝標の妻として
上総の国に一緒にやってきた人。
ムスメの実母は都に
残っています。

この時代の大らかな夫婦のシステムです。

おいて…
ゆかれました

The SARASHINA Diary

雅&ワイルド

旅パート・I

衝動!!

センチメンタルジャーニー

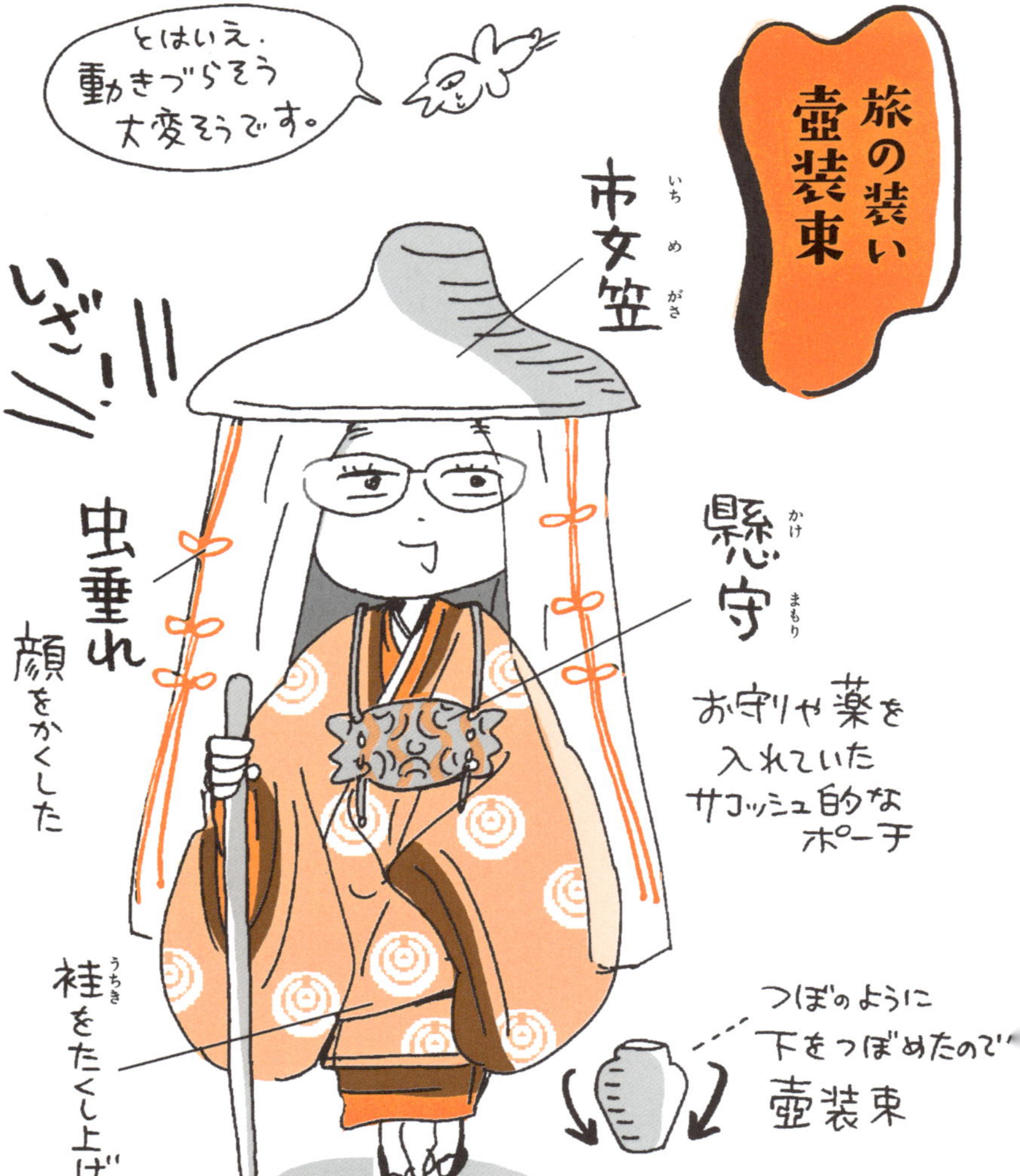

この時代の交通手段は馬か牛車か舟か徒歩。
約3カ月かけて旅します。

旅の道のり

START
国府
千葉県市原市あたり
1020年9月3日出発
GOAL
京
同年12月2日到着
下総《しもうさ》
上総《かずさ》
武蔵
相模
遠江《とおとうみ》
三河
尾張
美濃
近江
琵琶湖
富士山
いまたち
いかだ
くろとの浜
まつさと
竹芝寺
足柄山
にしとみ
もろこしが原
田子の浦
富士川
沼尻
浜名の橋
二村
鳴海《なるみ》の浦
みつさかの山
粟津
逢坂の関

※本書に登場するざっくりした地図です。

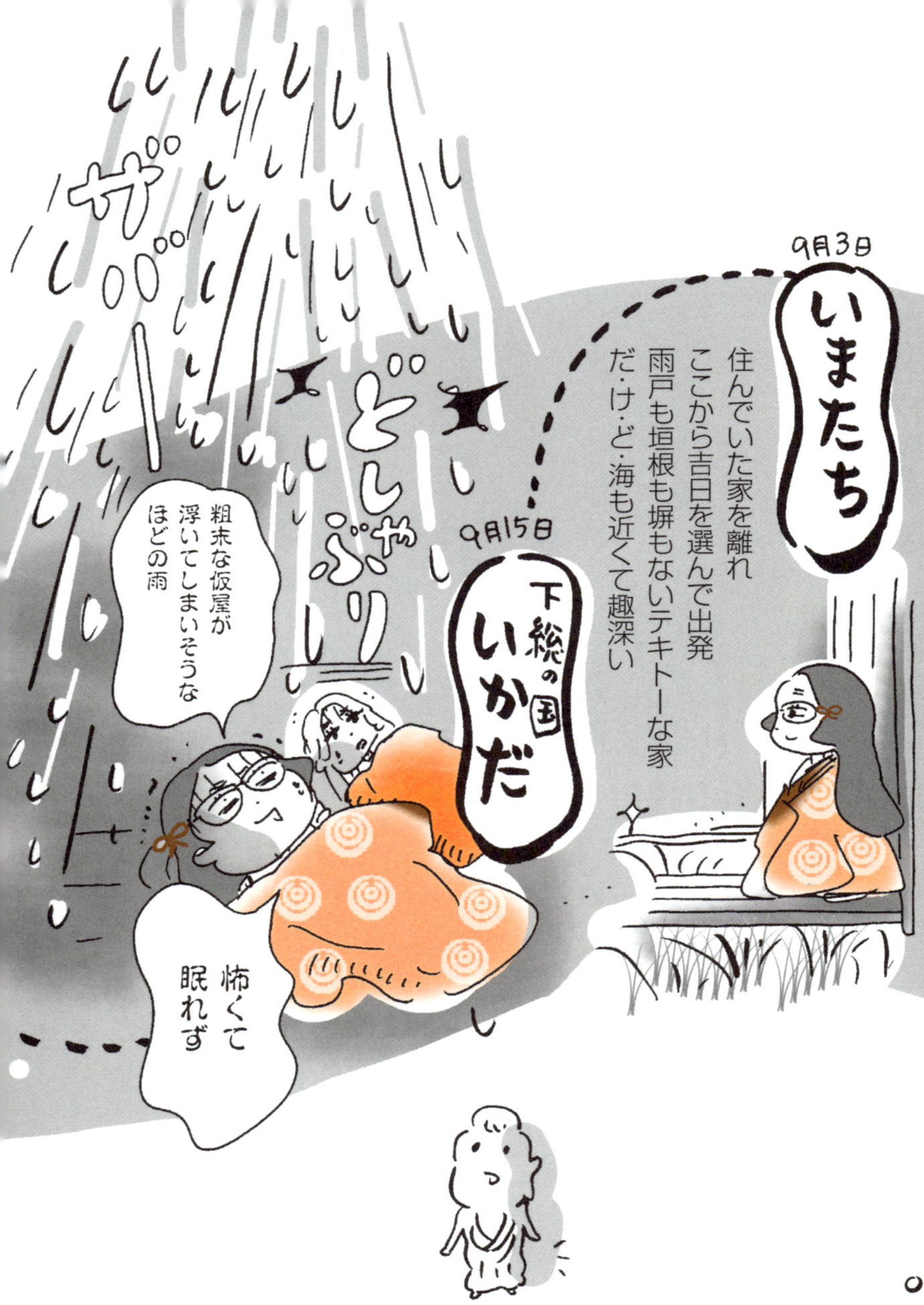
9月3日
いまたち
住んでいた家を離れ
ここから吉日を選んで出発
雨戸も垣根も塀もないテキトーな家
だ・け・ど・海も近くて趣深い
9月15日
下総の国
いかだ
ザ
どしゃぶり
粗末な仮屋が
浮いてしまいそうな
ほどの雨
怖くて
眠れず

小高い丘に
木が3本だけ
立っていたので
濡れたものを干した

後から来た
人たちと合流
「まのの長者」
ゆかりの家の
柱とやらを
水中に見る
ふ〜ん
長者屋敷跡の家の
柱が川の中に4本

くろとの浜
今夜は決して
眠らないぞ
だってこの美しい
くろとの浜の秋の夜の月を
今夜逃したら
いつ見られるというの?
と、歌を詠むほど
身に染みる
趣あるところ
白い浜が美しく

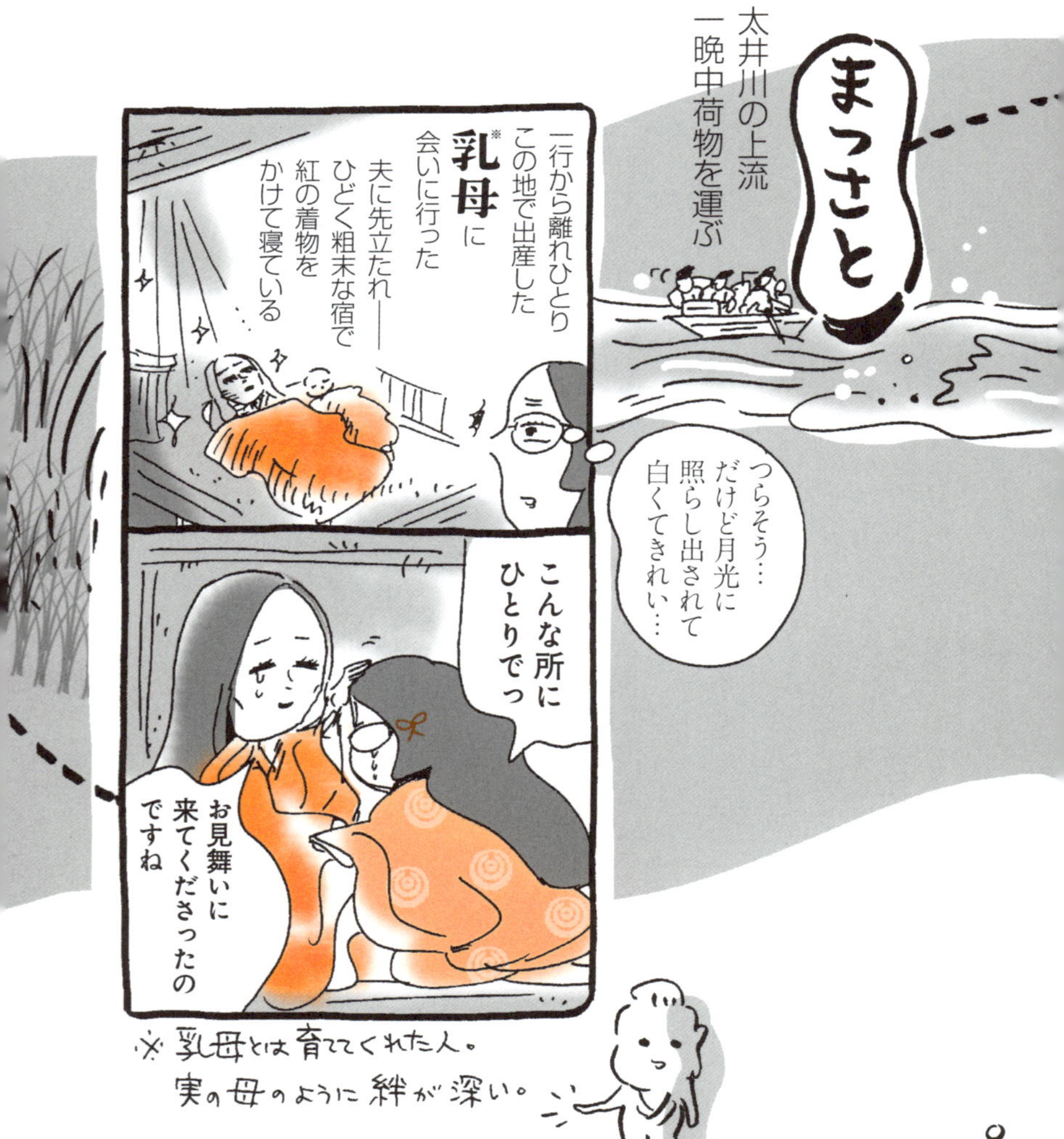
太井川の上流
一晩中荷物を運ぶ
まっさと
つらそう…だけど月光に照らし出されて白くてきれい…
一行から離れひとり この地で出産した 乳母※に 会いに行った
夫に先立たれ―― ひどく粗末な宿で 紅の着物を かけて寝ている
こんな所に ひとりでっ
お見舞いに 来てくださったの ですね
※乳母とは育ててくれた人。実の母のように絆が深い。

武蔵の国
見捨てて行くなんて忍びないよっ
見
うっうっ
風情なし
浜辺も
白砂じゃないし
泥のよう
紫草が生えていると聞いたのに武蔵野も草ボーボー
どのくらいボーボーだったかというと馬に乗った人の持つ弓の先が見えないほど
翌朝、荷を渡してくれた人々とも別れ
見送る人々
お別れはいつも悲しい
送る方も送られる方も
この先に竹芝という寺があり…
ここはその昔〜
物語!? きかせて!
こんな話を聞きました

竹芝の伝説

その昔――
この地に住んでいた
男を――
あ〜〜っ
ムサシの国はサイコーだな
国司が
朝廷へ
差し出した
火焚屋《ひたきや》の火を焚く
※衛士《えじ》として
朝廷へ行け！ 命令だ！
そんな……
しかしエライ人にはさからえない……
男は京で
つらい務めの日々
なぜこんなつらい目にあうのだろう。
国がなつかしいな――
酒を仕込んだ
酒壺が
いくつもおかれていて……

※兵士のこと

そこにさしかけた
直柄《※ひたえ》のひさごが
南風吹けば
北になびき
北風吹けば南へ――
のどかだったなー
あの風景は――
※ひょうたんでできたひしゃく
あんなのどかな
風景も見ずに
こんなつらい
務めを
している
オレよ…
ブツ
ブツ
ブツ
そこの男!!
こちらへ来なさい
姫さま!!
しかも時の帝の!!?
その話
もう一度
聞かせて
おくれ

私をそこへ連れて行って！
ムサシの国？
ひさごがどんなふうになびくのか見たい！
いやっ そんなっ おそれ多いっ
まずいですよっ
つ・れ・
てっ・て!!
早く!!
男は姫宮を背負い東国へ――
これも宿命か!!
追手が来るだろうから瀬田の橋を壊して飛び越えていこう!!
えーいっ ままよっ

7日と7夜かかって
ついに武蔵の国へ
ついた…
一方、京では
大騒ぎ
姫がつれさられたー
大変だーっ
姫はドコーーっ
武蔵の国の男が香りの良いものを首にひっかけて飛ぶように逃げて行ったらしい
それだっ!!
追えーよーし!!
あっ
瀬田の橋が壊されて渡れないいっ
追手が武蔵の国に到着したのは3カ月後のことだった
やっとついた…
つかれた…

コレ、ムスメが好きなパターンなんです。

ならば、もう
いたしかた
なかろう
帝
年貢も労働も免除され
男はこの地を
譲り受けました。
姫のために立派な
内裏《だいり》のような家を造り、
姫と暮らしましたが
姫が亡くなったのち、ここを
竹芝寺にしたという——
なんか
いいのかな
オレ‥
ふたりの子どもたちは
「武蔵」という
姓となり——
このことがきっかけで
火焚屋は
女が務めるように
なったとさ
まあ、ステキ♥
竹芝伝説・完、

前世とか
つれさられる姫君とか
胸ときめかし!!
ヘキ…
だね。

The SARASHINA Diary

雅&ワイルド
旅パート・II

鼓舞

センチメンタルジャーニー

なんだ
かんだで
相模《さがみ》の国
にしとみ
上手な絵の描いてある屏風を
並べてあるみたいに見事な景色
わ〜
まっ白な
砂が続く中
進む
うっそうと木が
生い茂って不気味
麓《ふもと》ですら暗い
KAWAII
もろこしが原
もろこし(唐)なのに
大和(日本)撫子《なでしこ》が咲い
ているなんて!　と笑
いながら進む
【大和撫子の花】

足柄山
月もない暗い夜
どこからともなく
3人の遊女※が!!
見た目もキレイ
声も美しい
20代
50代
14、5才
歌を歌って
――恐ろしそうな
山の中へ去って行った…
空に澄み昇るような
見事な歌!!
※旅芸人
翌朝
夜明け前から
山を越える
こわいよ～
山中の恐ろしさ
といったらない
山賊…
謎の虫…
ヘビ…

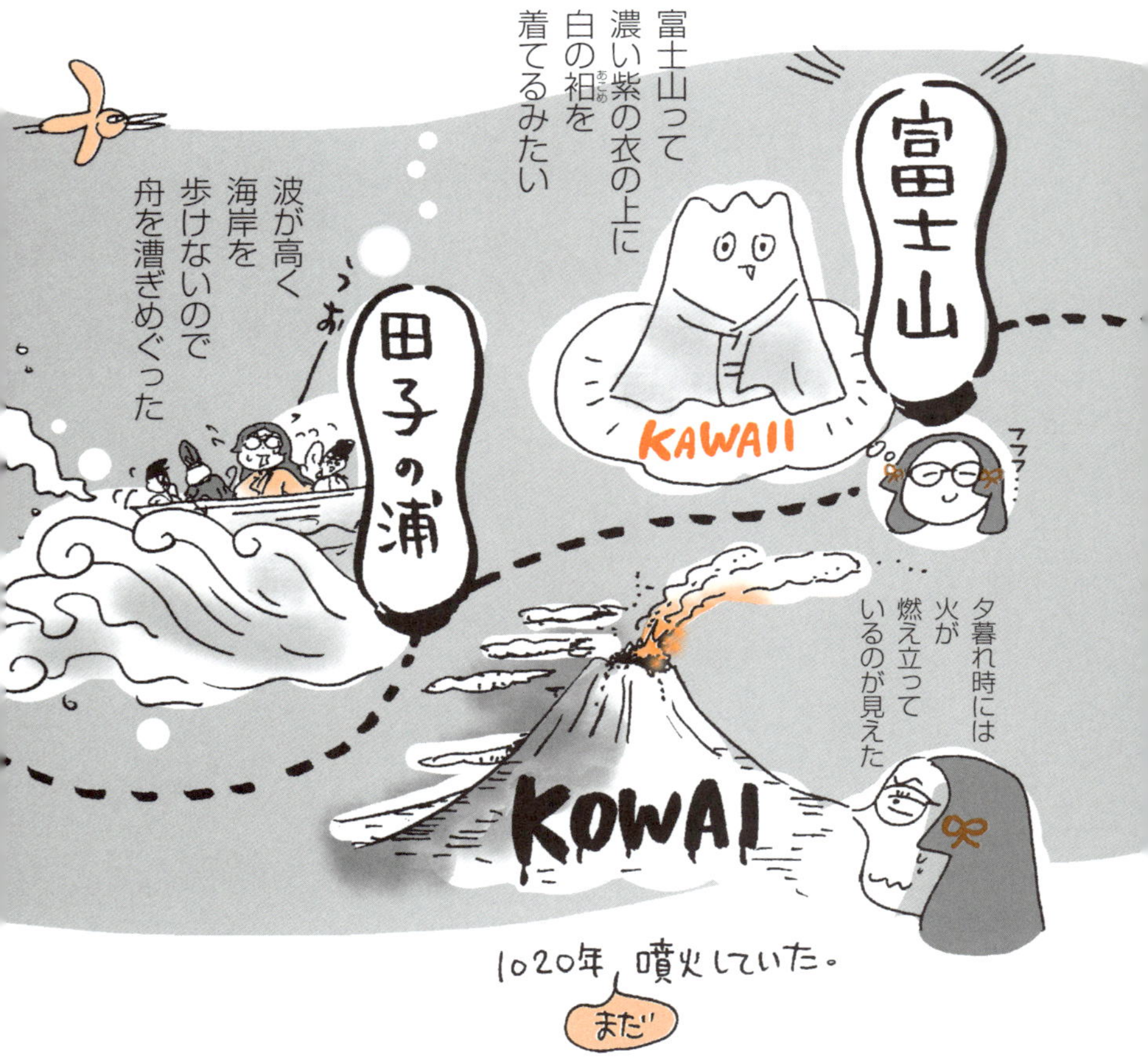
富士山
富士山って濃い紫の衣の上に白の袙《あこめ》を着てるみたい
KAWAII
フフフ
田子の浦
波が高く海岸を歩けないので舟を漕ぎめぐった
うぉ
夕暮れ時には火が燃え立っているのが見えた
KOWAI
1020年 まだ 噴火していた。

富士川
富士山から流れ下る川 ここでまたフシギな話を聞いた
去年のことです
暑かったのでこの川を眺めつつ休んでいましたら…
この土地の人
富士川伝説
川上から黄色い物が流れてきて何かに引っかかって止まったのです
広げてみると赤い文字で何かが書いてあります。それは――
全国の来年の国司に任命される人の名でした。しかしなぜかこの駿河の国だけは2名分の名が書かれていたのです。
なぜ駿河だけ2人!?
翌年、その紙通りの者たちが国司となり、駿河は書かれていた1名が国司となりました。
が
駿河の国の国司は
3カ月もしないうちに亡くなり、紙に書かれていたもう1名が代わりに任官されたのです。
来年のこともまたこの山に神々が集まって決めるのでしょうか。
信じるか信じないかはあなたしだいです
山っちゅうもんはフシギな力があります
駿河国司

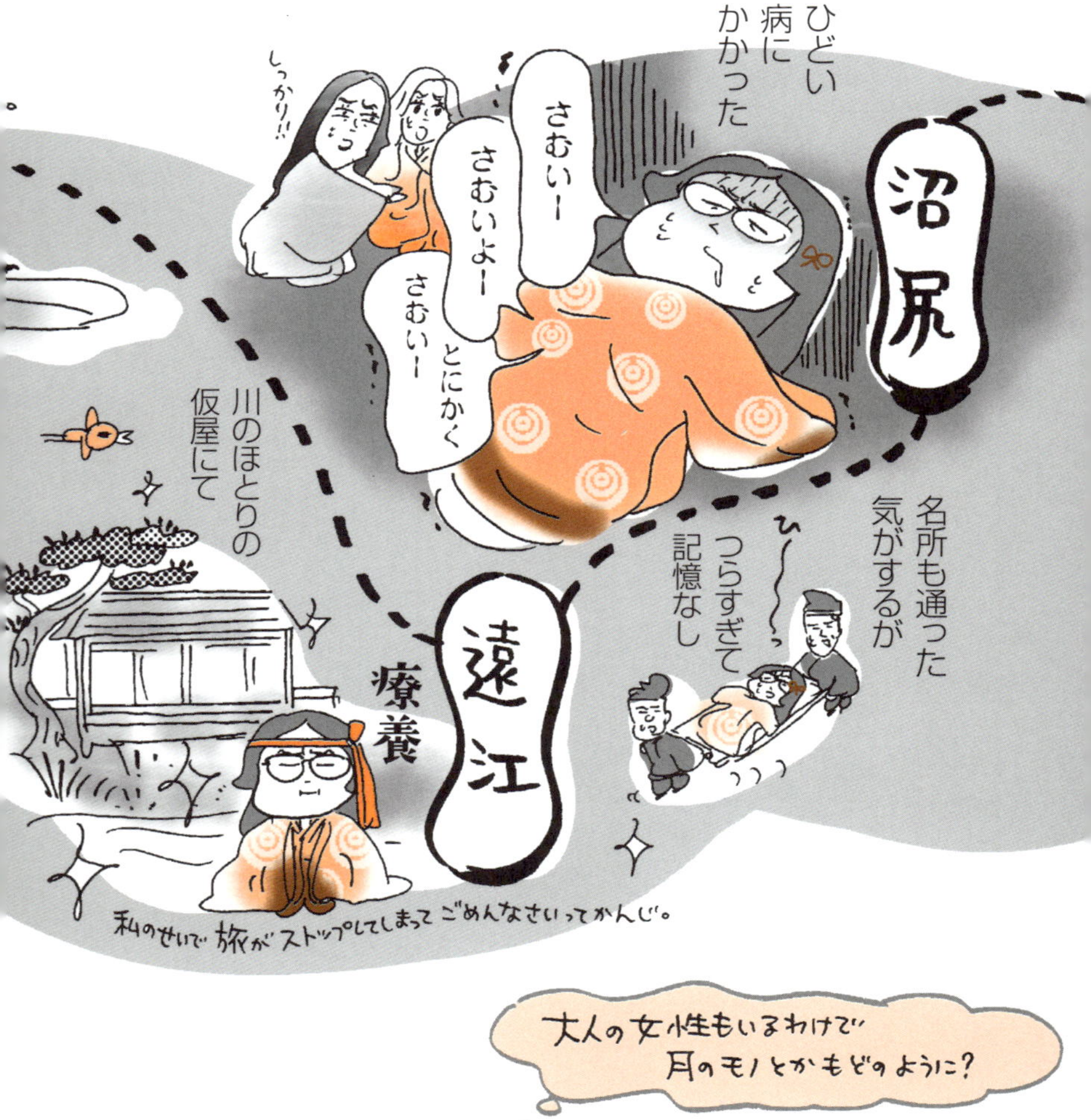
ひどい
病に
かかった
沼尻
しっかり!!
さむいー
さむいよー
さむいー
とにかく
川のほとりの
仮屋にて
名所も通った
気がするが
つらすぎて
記憶なし
ひ〜〜
遠江
療養
私のせいで旅がストップしてしまってごめんなさいってかんじ。
大人の女性もいるわけで
月のモノとかもどのように?

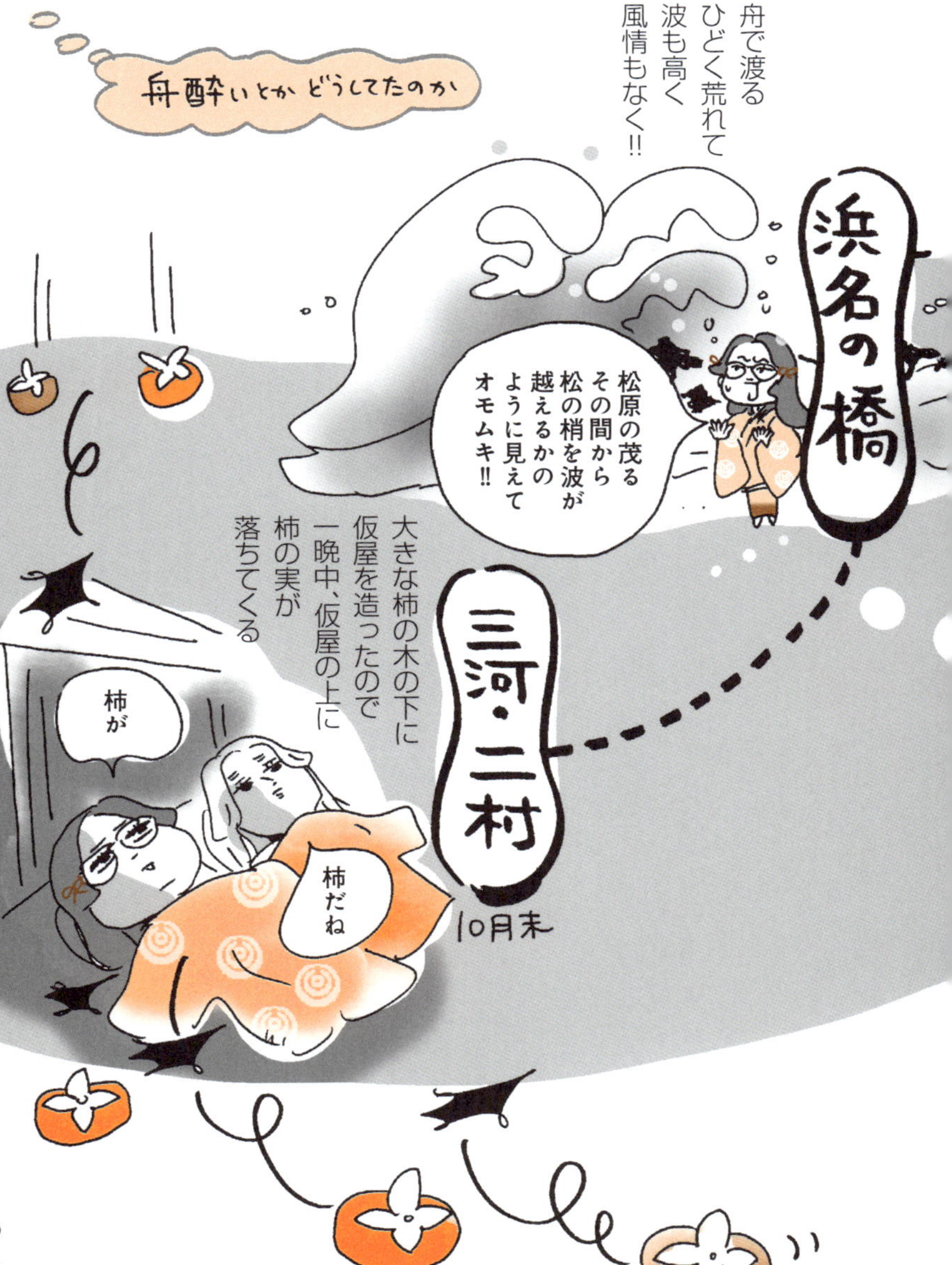
舟で渡る
ひどく荒れて
波も高く
風情もなく!!
舟酔いとか どうしてたのか
浜名の橋
松原の茂る
その間から
松の梢を波が
越えるかの
ように見えて
オモムキ!!
三河・二村
10月末
大きな柿の木の下に
仮屋を造ったので
一晩中、仮屋の上に
柿の実が
落ちてくる
柿が
柿だね

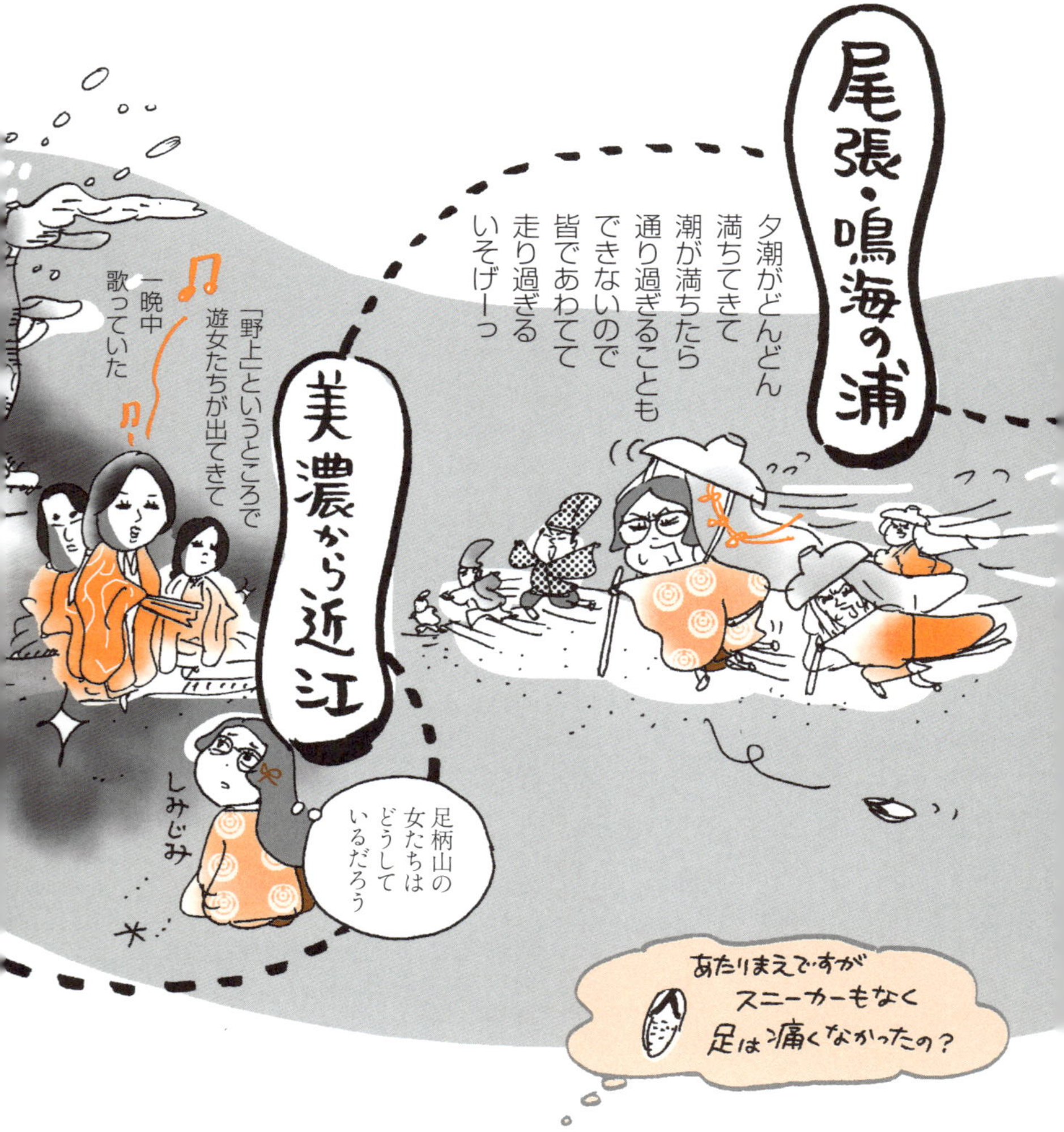

尾張・鳴海の浦
夕潮がどんどん満ちてきて潮が満ちたら通り過ぎることもできないので皆であわてて走り過ぎるいそげーっ
美濃から近江
「野上」というところで遊女たちが出てきて一晩中歌っていた
足柄山の女たちはどうしているだろう
しみじみ
あたりまえですが スニーカーもなく 足は痛くなかったの？

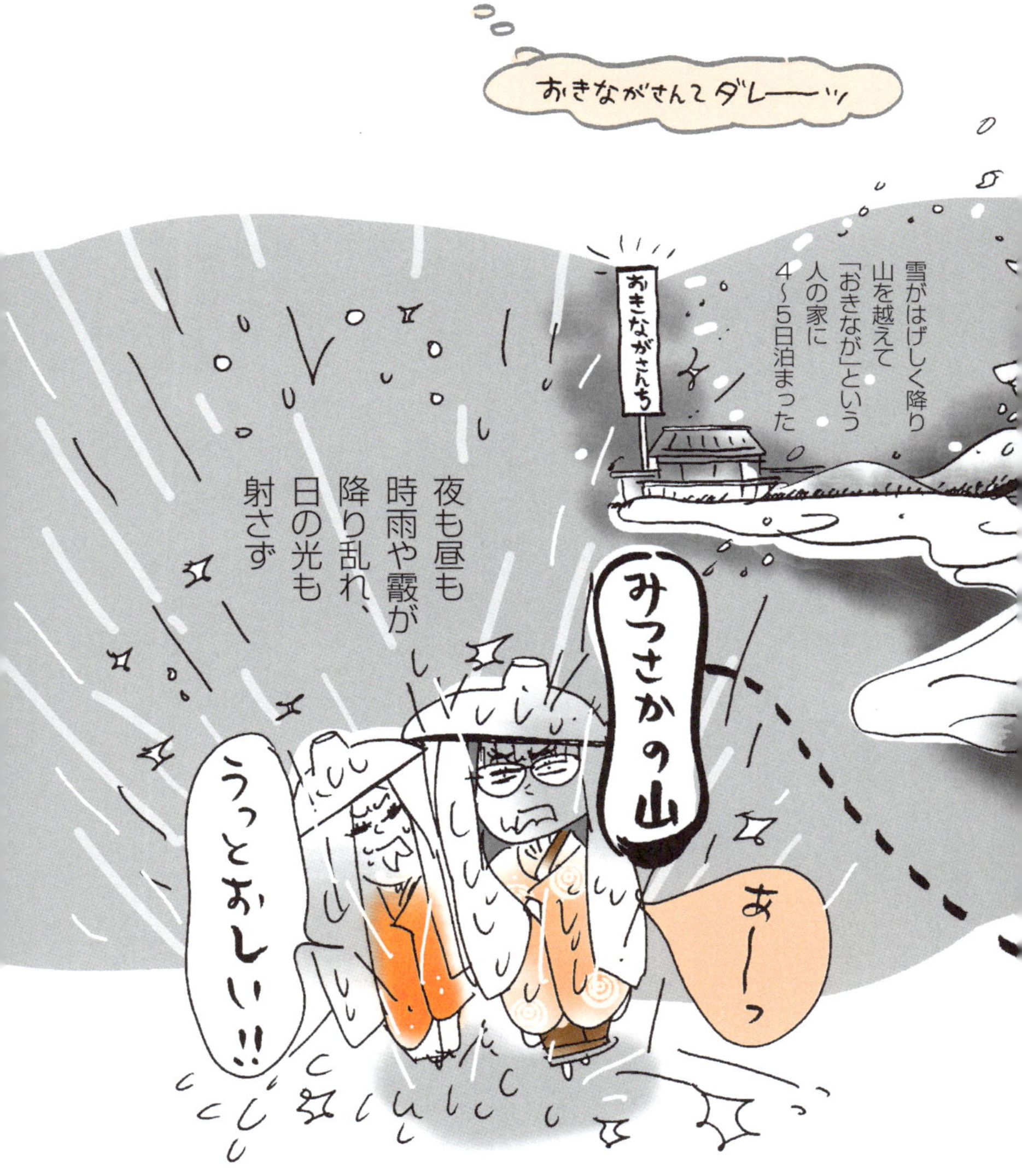
おきながさんてダレーーッ
雪がはげしく降り
山を越えて
「おきなが」という
人の家に
4~5日泊まった
おきながさんち
夜も昼も
時雨や霰が
降り乱れ、
日の光も
射さず
みつさかの山
あーっ
うっとおしい!!

琵琶湖
水面が遥か遠くまで開けていて
風光メイビ
見事
瀬田の橋が壊れていて渡るのにひと苦労
はっ
竹芝伝説のあの男のしわざ!?
さぞやビワコが目にしみたことでしょう

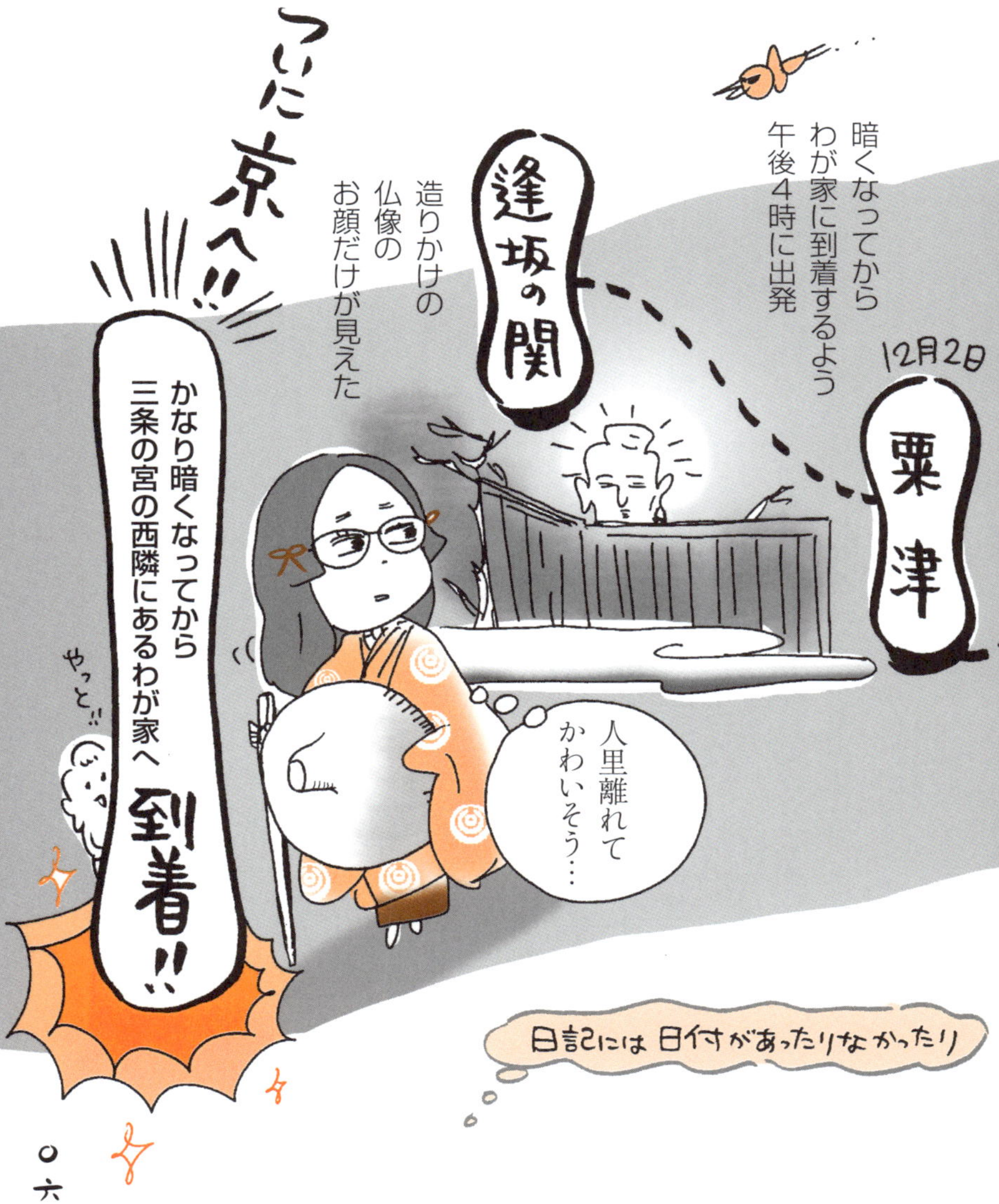
12月2日
栗津
暗くなってから
わが家に到着するよう
午後4時に出発
逢坂の関
造りかけの
仏像の
お顔だけが見えた
人里離れて
かわいそう…
ついに京へ!!
かなり暗くなってから
三条の宮の西隣にあるわが家へ
到着!!
やっと!!
日記には日付があったりなかったり

赤間先生のよくわかる更級日記講座②

平安女性が旅するとき

平安時代は交通手段も限られており、現代のように自由に旅行を楽しむことはできませんでした。貴族の女性が遠出の旅をするとしたら、地方の官職を得た父親や夫に従って任地に赴く場合です。孝標女も父親が上総国の国守になった時に京から東国に下り、そこで四年ほど少女時代を過ごしました。『更級日記』の冒頭は、父親の任期が終わって京に戻る旅の記事から始まります。

上総国から京まではかなりの長旅で、普段の生活では目にしない風景や人々に出会います。文学好きの孝標女が興味を持つのは、伝説にちなんだ場所や歌枕として有名な場所でした。都の貴族たちは日本各地の歌枕を和歌に詠みますが、その実態を見る機会はめったになかったのです。また、自分と同年代の少女を含む旅芸人の一座に出会ったことも、非日常的な体験として強く記憶に残りました。平安時代の女性作家が京以外の土地で暮らして様々なものを見聞きしたことは、作家としての視野を広めるよい経験になったと考えられます。

人生で幾度もない地方への旅とは別に、日常生活の中で女性が旅する唯一の機会としては、寺社詣でがありました。平安京の人々がよく詣でた寺は、京都の清水寺、奈良の長谷寺、滋賀の石山寺で、いずれの寺にも現世利益を叶えてくれる観音様が祀られています。寺社詣では邸からめったに出ない女性貴族にとって、気分転換の機会でもありました。『蜻蛉日記』の作者で孝標女の伯母にあたる道綱母をはじめ、和泉《いずみ》式部《しきぶ》や清少納言など、多くの女性作家がそれらの寺に詣でた体験を作品に書き残しています。

ムスメと仏像

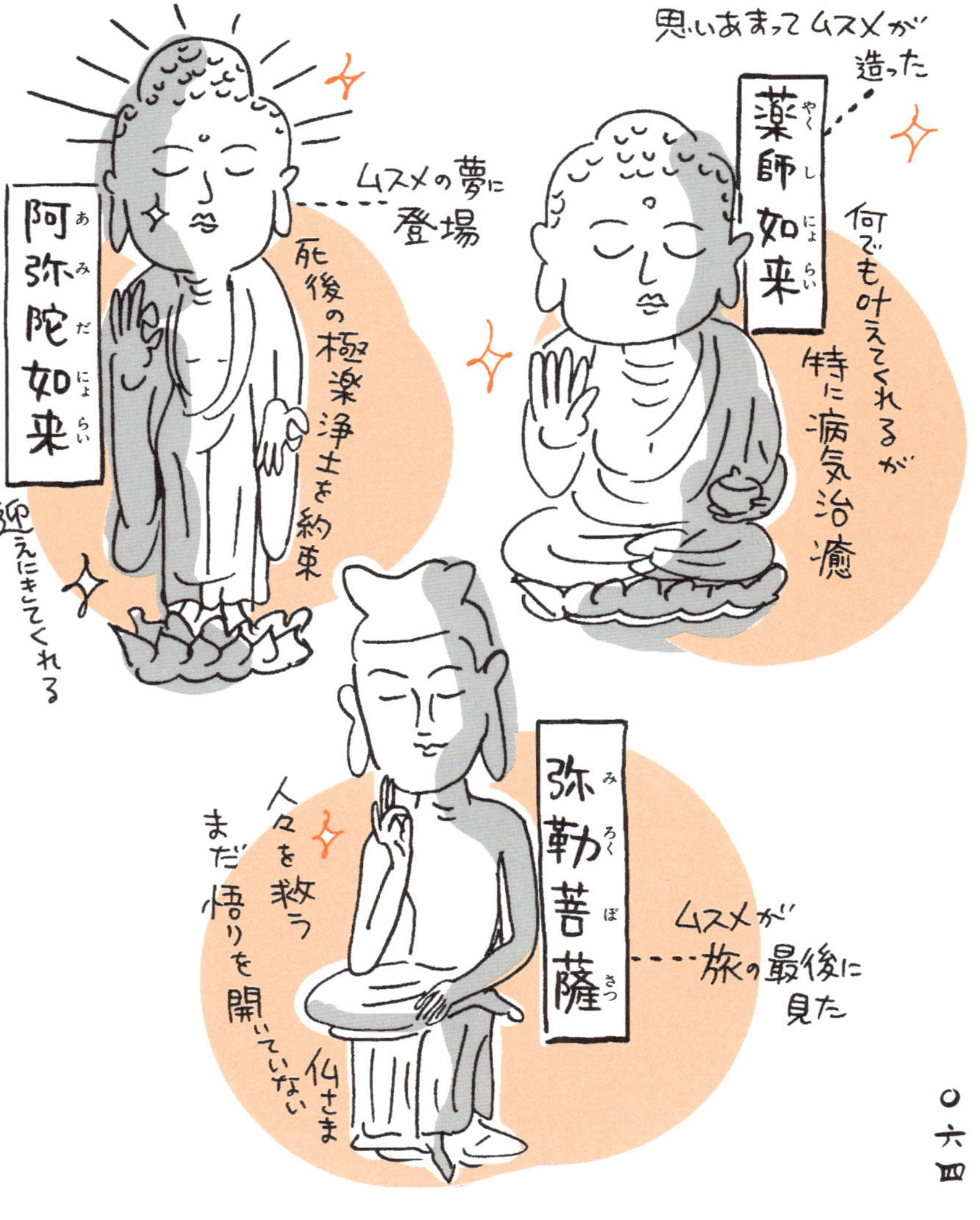

阿《あ》弥《み》陀《だ》如来《にょらい》
ムスメの夢に登場
死後の極楽浄土を約束
迎えにきてくれる
薬《やく》師《し》如来《にょらい》
思いあまってムスメが造った
何でも叶えてくれるが
特に病気治癒
弥《み》勒《ろく》菩《ぼ》薩《さつ》
人々を救う
まだ悟りを開いていない仏さま
ムスメが旅の最後に見た

この時代を襲った
疫病や飢饉を背景に
末法思想が広がる中
来世での極楽浄土を
願うべく、造仏や
寺詣でが流行。
ムスメの日記にもたびたび登場。

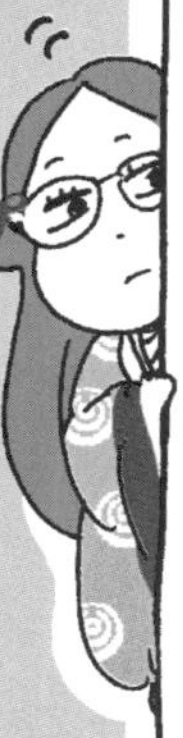

ついに
いろいろあったー
京の家に着きました。
楽しかったー

UKI FUNE
The SARASHINA Diary
ドリーミンマイライフ
物語が手に入ったパート
絶頂
のめりこみ

◆ようやく着いたその家は…

3カ月の旅路の果てにたどり着いた京の家は——
わ〜っ
わ…
うっそうと荒れていて木なんかも生い茂っていて
なんか
がっかり
とても都会とは思えない…もっさり感…
とムスメは書いていますが
※三条の宮の西隣、しかも広いという立地
とはいえ…
つまりはおハイソ!!です!

※一条天皇の皇女・脩子《しゅうし》さま邸.

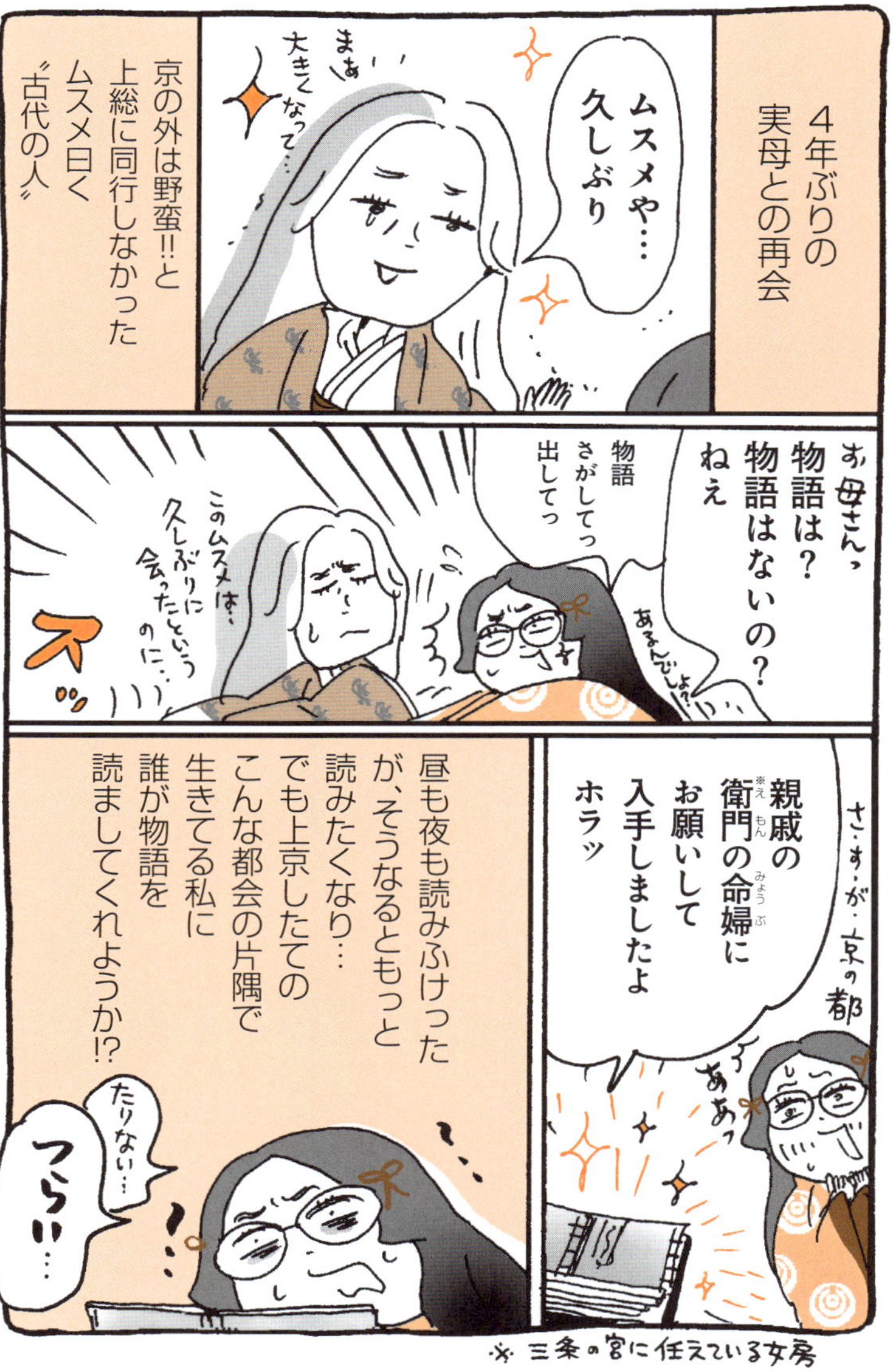

※三条の宮に仕えている女房

◆京に着いてまもなく

上総の国で暮らしを共にし一緒に旅をしてきたまま母は、元々は宮仕えをしていた人
『源氏物語』を教えてくれたのもこの人だった
ききたいっ
ききたい？
京に着いてまもなく
いろいろあってあなたのお父さまと別れることになったわここを出ていきます
えっ
どうして
大人の事情ってやつかな
今度いつ会える？
あの梅の木に花が咲く頃…また会えるかな…
私にやさしくしてくれてありがとう
さみしい…

◆梅の立ち枝の香る時は

年が明け――
梅の木をじっと見続け
やがて
満開になった
が――
音沙汰はなく
恋しさ余って
花を折り
手紙を贈った
梅の咲く頃に会えるって
期待させて
まだ待たなきゃダメ？
春は忘れずやってきて
梅はちゃんと
花を咲かせたのに。
じゃあ、そのまま期待してて。
私は行けないけど
古歌にもあるように
梅の立ち枝の香る時は
約束もしていない
すてきな誰かが
たずねてくるから。
うそつきだ…
まま母は
大人のステキな
レディ…

◆悲しみと不思議な出来事

この人の書く美しい文字を誰もがほしがったんだって☆
※侍従の大納言こと
藤原行成
能書家で三蹟《さんせき》のひとり。
清少納言とも交流（恋？）があった。
道長と、その長男・頼通の側近。

◆祈りまくる日々〜読みたくて〜

まま母との別れ
乳母の死——
大納言の姫君の死——
会ったことないけど
さよならだけが人生なの？悲しい
どんより
ふさぎ込む私を心配した母が——
物語を入手してきたからほら、これでもお読みなさいな
今…全然そういう気分じゃないから…
って！
やっぱりおもしろい!!
物語ってサイコー!!
※源氏物語 若紫の巻
お母さん、わかっていらっしゃる!!

※光源氏が幼い紫の上をつれさります。

読了ーー。と
あぁーあーーっ
続き…
続きが読みたい!!
読みたくて
たまらない!!
いてもたってもいられず
神さまっ 仏さまっ
この源氏物語を1巻から全部!!
お願いですから
読ませてください
気持ち的には滝行レベル
ドドドド
心の中で祈った
両親が太秦《うずまさ》の
お寺に行くときも
一緒について行きーー
それのみを祈った
源氏物語を全巻!!
熱心だな
うちのムスメは…
源氏物語
全巻!!

ここで改めて

『本《ものがたり》』を入手するのが
なぜ大変だったか

更級日記
源氏物語
枕草子

そもそも物語の数も多くはなく
今と違って印刷技術がないので
原本をコツコツと地道に

人の手によって

書き写していました。

写本

といいます

原本とは私たちの直筆オリジナルのことです
シキブ
ナゴン

権力者など
依頼主
お願いいたす
原本
さらに
紙を調達
紙も貴重!
藤原行成が有名
能書家
字が美しい
わかりました
に依頼
完成するまで能書家の生活を保障したりも
まだかしら。
長いのは大変だなぁ〜
誤字・脱字写し間違い
順番がバラバラ
紛失ページなんかもあったことでしょう
原本は失われ、平安時代の写本すら残っていないものも多数
手間はかかるし
と、いう金銭面においてもとにかく貴重品だったのです!
どこへ
GENPON

赤間先生のよくわかる更級日記講座③

『源氏物語』と孝標女

孝標女が生まれたのは、『源氏物語』がちょうど書かれていた時でした。13歳になった彼女が『源氏物語』全巻を入手したのは、完成して間もない頃だったと推測されます。『源氏物語』は執筆されている時点から評判になり、次々と写されていたのですが、写本は時間がかかるうえに紙も高価だったため、数が少なく入手困難でした。そんな『源氏物語』の情報を孝標女が最初に得たのは継母の高階成行女《たかしなのなりゆきのむすめ》からでした。上総大輔として宮仕えした彼女は、才女で名高い高階貴子《きし》（中宮定子《ていし》の母）に繋がる人です。また成行の弟が紫式部の娘と結婚している縁で、『源氏物語』に触れる機会もあったと思われます。

『源氏物語』の中で孝標女が最も心惹かれたヒロインは夕顔と浮舟でした。どちらも中流階級だったので、自分に重ねやすかったのでしょう。超一流の男君2人に愛され、稀有《けう》な運命を辿る彼女たちの物語はいかにもドラマチックです。『源氏物語』には、孝標女が憧れた儚《はかな》く美しい恋愛だけでなく、嫉妬に苛《さいな》まれる苦しい恋やすれ違う愛、また、親子の情や人生の悲哀など、様々な人間模様が描かれています。

『源氏物語』という作品があまりに素晴らしいので、平安後期の物語はそれを超えられず、模倣作品が多く生まれました。たとえば『狭衣《さごろも》物語』では、ヒロインの名前を源氏宮にして、狭衣大将の彼女への報われぬ恋や、女君の入水事件などを描いています。著作権などない時代ですから、作家たちは自分の作品に『源氏物語』をどのようにうまく取り入れるかを競っていたのです。

◆箱の中身は…

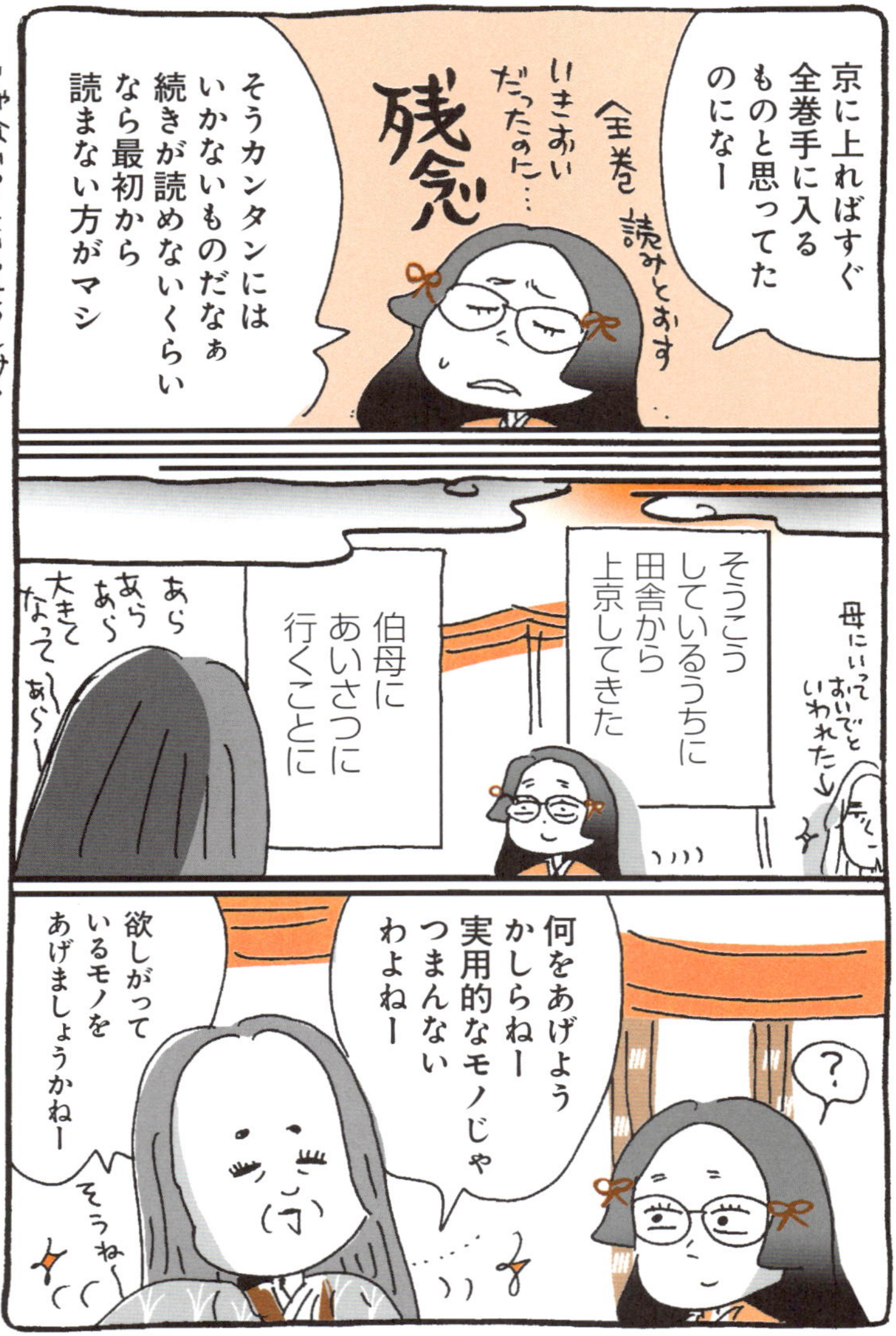
京に上ればすぐ全巻手に入るものと思ってたのになー
全巻読みとおすいきおいだったのに…
残念
そうカンタンにはいかないものだなぁ続きが読めないくらいなら最初から読まない方がマシ
じゃない？という苦しみ。
母にいっておいでといわれた
そうこうしているうちに田舎から上京してきた
伯母にあいさつに行くことに
あらあら〜大きくなってあら〜
何をあげようかしらねー実用的なモノじゃつまんないわよねー
？
欲しがっているモノをあげましょうかねー
そうね〜

さ…
これを
?
げっ

源氏物語
全54巻!!

源氏物語だけじゃない…
すごい…
在中将
しらら
あさうづ
とほぎみ
せりかは
どんな物語だったのか… 残ってないものも多く…
私…帰ります
お母さんによろしくね
うれしい
うれしい
うれしい
うれしい
うれしいー

はしるはしる

わづかに見つつ
心も得ず心もとなく思ふ源氏を
一の巻よりして、人もまじらず
几帳の内にうち臥《ふ》して、
引き出《い》でつつ見る心地…

これまでずっと望んでいた『源氏物語』を全巻
誰にもジャマされずに
几帳の内に寝っ転がって
胸ときめかせて
読む気持ちといったら

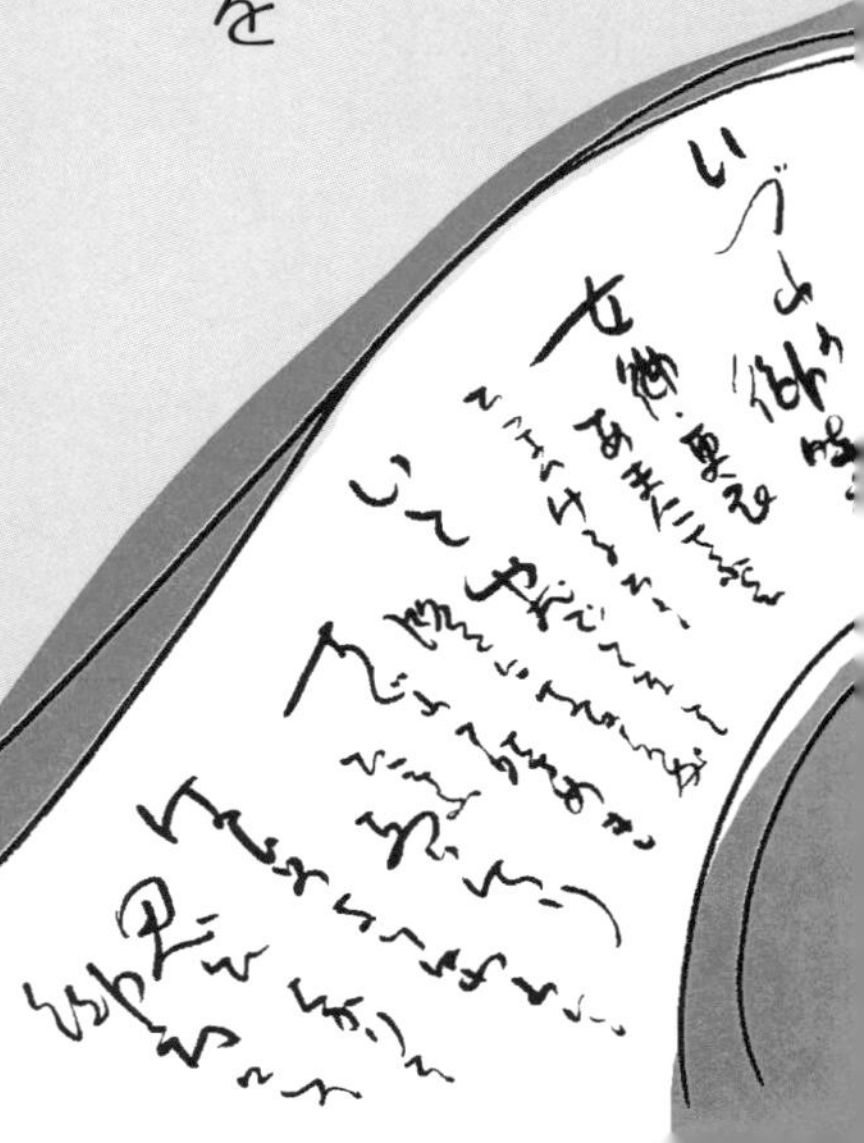

后の位なんて
大したことないレベルで
こっちの方が最高!!

◆ついに私は…

昼は一日中
没頭
夜も目の覚めている限り
没頭
読んだ！ 読んだ！ 読んだ！
読むこと以外何もしないでいたもんだから
アハ
すごくなーい？
文章本、見なくてもソラで言えるようになっちゃった!!
アハハハ
大丈夫なのか?!
我ながらあきれますよね。

◆寝ても覚めてもドリーミン

そんなこんなで本ばかりを読んでいたからでしょうか
夢に僧侶が出てきたり
うーん
法華経の五の巻を早く習いなさい
うつつをぬかすな
黄色いけさ…
なんか誰かにこんなことを言われたり
うーん
天照御神を
ご信心なさい
何かのお告げ？
なのかな？
ま、いーか
この夢を…
たいして気にも留めずやり過ごしてしまったふがいないことでした
物語よも〜っと。♪

◆いつか私も……妄想の儀

田舎っぽいし
器量だって
イマイチ
まぁ…
今は
こんなだけど
私だって…
私だって
年頃になれば
顔立ちも
よくなって
髪もすばらしく
長くなって
光源氏や
薫大将に
愛された
女君《おんなぎみ》
みたいに
なるん
だもん
ぬふー

自分で自分につっこむスタイルの更級日記

『源氏物語』における ムスメの憧れた女君《ヒロイン》

YUU GAO
夕顔
物の怪に取りつかれ命を落とす
薄幸
貧しい家の女だが
センスがよい
光源氏のライバルの元カノ
光源氏
ひょんな事から見そめられ…
ゲンジがさらって廃墟につれこむ…
ゲンジのライバル
頭《とうの》中《ちゅう》将《じょう》

ロマンティックなムスメ☆

ヘキがな 薄幸、つれさられ案件好き(?)な

◆ヒミツの猫ちゃん

桜の季節に
なるたびに
乳母や
大納言の姫君が
亡くなったのも
この頃だったなと
切なくなりつつ
大納言の姫君の
筆跡を見ていた夜
ニャア……
どこからともなく
猫!!
ニャー
かっわ
静かにー!
ヒミツにして
かくして
私たちで
飼いましょう
しー
その猫は
下々の
者には
寄り付かず
食べ物も
汚いものは
食べようと
しない
フン
私たちには
よく
なついた
ニャ〜ン

◆スピリシスターズ

ある時
姉が病気になり
ごたごた
していたので
猫を使用人の部屋に
閉じ込めておいた
ニャー
ニャー
う〜〜ん
う〜ん
猫…ネコ…
私は侍従の大納言の娘
猫に生まれ
変わったのです
前世に
因縁があり
この家の
ムスメさんが
思い出して
くれるので
ここにいる
近頃は
閉じ込められ
つらい
ニャー
がばっ
って
夢の中で
言うのよ!!
生まれかわりかも!!
お…お姉ちゃん…
夢…?
…と…
姫君! この筆跡
大事にしてます。
ほらっ
父君の
大納言に
お知らせ
したいわー
ニャー

赤間先生のよくわかる更級日記講座④

平安貴族の猫ブーム

孝標女の姉の夢に出てきた猫は、侍従大納言の娘だったと名乗ります。侍従大納言は藤原行成で、孝標が蔵人《くろうど》だった時に、蔵人頭だった彼のもとで働いていました。行成は前年に娘を亡くしていたのですが、その姫君が猫に転生して現れたというのです。後世になると猫股など妖怪のイメージも加わってしまいますが、平安時代の猫が高貴なイメージと結びつくのには理由があります。

今、私たちの身近にいる猫たちは、もともと日本にいる動物ではありませんでした。イリオモテヤマネコのような原生種は別として、猫は奈良時代に大陸から渡来してきた動物でした。仏教が日本に伝来し多くの経典が輸入された際、書物をネズミの被害から守るために船に猫が乗せられて日本に来たという記録が残っています。珍しい外国の猫はまず天皇に献上され、宮廷ペットとして宮中で飼われました。

宇多天皇の日記には、大宰府から宮廷に献上された先帝の黒猫を譲り受けたことが書いてあります。その黒猫の毛並みは漆黒で美しく、目はきらきらと針を散らしたように輝き、背中をそびやかすと二尺余り（約六十センチ）になるなど、大変細かく描写されており、天皇お気に入りの猫だったことが分かります。

一条天皇も生まれた子猫に三位の位と女房名を与え、特別に乳母を付けて可愛がっていました。その猫は『枕草子』にも登場しています。当時は犬ではなく猫に紐を付けて大切に飼っていました。平安時代は猫ブームの先駆けだったと言えるでしょう。

◆姉と月

明るい月が照らす夜
姉と縁側に座っていた
…もしも
ねえ…
もしも私が今目の前から消えたらどうする？
…
えっ
ちょっと!! お姉ちゃん びっくりさせないでよ 何～もう～
やだ、冗談よ かぐや姫ジョーク!! なーんつって
ウフフ
ないてるしー
隣から何か聞こえる！
しー

◆姉と恋バナ〜あなたはどっち派〜

あいびきかしら？荻の葉さん出てこないわね〜
荻の葉〜
荻の葉〜
荻の葉〜
笛の音まで
出てこないわね〜
ギー
ギーッ
あらっ
え？もう帰っちゃうみたい
せっかく会いに来てくれたのに
答えもしないなんて、女君、ひどーい
荻の葉さんだっけ？

え〜っ
むしろ男の方がひどくない？あんなにあっさり帰るなんて!!
うん。ありえないっ
ゆるせないっ
何かあったのかなお姉ちゃん…
え〜でもさっせっかく来てくれたのにっ
もっと熱くはげしく恋をしなくちゃっ
こんなふうに夜が明けるまで夜空を眺め夜が明けてから眠った
スヤー

◆災い

※大納言(行成)は娘の死をたいそう悲しんでいたという。

◆姉

月の初め
姉が
出産後に
死んだ——
姉の忘れ形見の
幼な児を
自分の
左右に
寝かせた
月の光は
不吉だ——
姉の死の混乱が
落ち着いた頃——
お姉さんから
頼まれていた本です。
ずっと見つから
なかったのに
ご本人が亡くなってから
見つかるなんて…。

亡くなった恋人のしかばねを
たづね歩く皇子さまの物語
かばねたづぬる宮
姉はなぜ
こんな不吉な
物語を…
つくづく
オカルト好きな
スピな人
だった
本人は
自ら苔の下に
埋められる身に
なってしまったけど
物語は埋もれず
出てきましたね
うまいこと言うわね
ウフフ
姉は煙となって
空に昇った

悲しい。

月を見るのもひとり

The SARASHINA Diary
This is デスティニー
ふりかかる現実!!
mirror
人生
LOVE
TERA

◆父——孝標——①

東国・上総から戻って以来ずっと無官だった父・孝標
ソワ ソワ ソワ
本日、新たな発表があります
国司任命の!!
いくら何でも
今度こそはさー
大丈夫でしょう
孝標の息子たち
祝いの準備でもする?
結果は早朝だわね
お母さん大丈夫よきっと
たぶん
結果は——
ダメでした
こういうのって
まわりの方が気まずいわ…

◆父――孝標――②

まま母（上総大輔）
別れた妻が別の男と結婚したにもかかわらず
宮仕えの場でいまだに
上総の名前名のってるって筋違いじゃないかと思うんだけどなんとかならんか？
どう思う？なんだかちょっと…やだな～って
←国司だった時の名
申し入れておきます
今はこちらと離れ宮中にお仕えする身と聞いておりますがそれでもまだ私に因む上総の名をお使いですか？
クレームを…
お！そう？
自分で言えない気弱な父…

◆出逢い～山寺の湧き水場にて～

諸事情あって都のド真ん中から山里の東山へ引っ越し――
山道が険しいわーちょっと休憩
はー
霊山《りょうぜん》寺《じ》へお参り
ごく
ごく
このお水おいしい
ごく
ごく
ごく
ここの水はいくら飲んでもおいしくて飲み飽きませんね
ビクッ
ドキ
ごっくん

◆水飲むふたり

早口になりがち。

奥山にある湧き水をすくって飲んでもいくら飲んでも飽きない…と今、初めて気づかれたのでしょうか？名高い古歌があるのに？
あなたと一緒だからでしょうか？
あの古歌に「しづくににごる」と詠まれた水よりこの水はもっとおいしい気がするのです
京に帰った水飲む人は
翌朝歌を贈ってよこした
昨日お別れしてから夕日が沈んだ帰り道あなたのいる東山の方角を心細い思いで眺めずにはいられませんでした
ただそれだけ
淡い…
ムスメ18才

コレが私の理想系

世間では17、8って
いったら
みんな
マジメに
お経
読んだり
結婚して
子供産んだり
ちゃんと生きてる
みたいだけど

自覚はある!

後ろめたさが見せる夢…?

法華経の五の巻をよめっ
アマテラスをおがめっ
念じ申せ
はげめっ
ううっ
夢が
う〜う〜ん

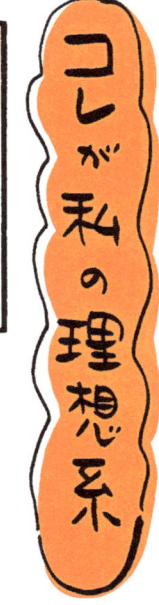

相変わらず和歌と物語にのめりこみすぎるムスメ

◆父——孝標——③

道長の部下だった父・孝標は数年前——
道長さま〜
上司・道長!!
道長に従い龍門《りょうもん》寺《じ》に出向いた際
この門の扉の文字はわがご先祖菅原道真のもの!!
ドヤッ
子孫の私が仮名《かな》を書き添えましょう
無神経
ウカ〜ドヘタ・・・
だいなし
よけいなことをわざわざ
一同ドン引き&
失笑
?
——と、いうやらかし伝説が残る父ですが
ついに…

※いばらき
国司に任命
常陸《ひたちの》※介《すけ》に!!
おめでたいっ
10年以上ぶり!!
やっと…
遠い…
近国への赴任ならば
お前を美しく
装わせ
どこぞの
やんごとない
貴公子を婿に迎えて
私以上の
身分にして
やりたかったが…
立身を望む
中流貴族の
夢
やぶれたり
娘が出世のコマでした。
私もお前も
前世からの
因縁が
悪かったのだと
あきらめて
おくれ
前世…

うっ
わしも60
老齢の身
今生の別れに
なるやもしれん
お前は都に残りなさい…
うっ
うっ
またもあづま路の果てに…
あの長い道のりを…
うっ
父が常陸へ下った後太秦に参籠《さんろう》
どうか無事に父にまた会えますように
っていうか常陸といえば浮舟も常陸で暮らしてた!!
ムスメ25才

◆母と清水寺へ

父の無事や諸々を祈るため物《もの》詣《もう》でをしたかったが母が昔気質の人で
いやだわ
※初瀬? 人さらいにあってしまうわ こわいこわい
石山寺?鞍馬山? あんな険しい山… おそろしい
激混みの
と、めんどくさがるので近場の清水寺へ
しかし いつものクセで まじめに お祈りする気もナシで うとうとしていると――
物語、読みたいな～
この子は…
ザ・正直…
将来がみじめになるとも知らずうつつをぬかしておるとは
カッ
――という夢を見た
はっ

※ 長谷寺

◆母と鏡と長谷寺と

ムスメの行く末を心配しはじめた母は代参の僧を立てて
ムスメの将来の占いよ
ムスメも、もう25。
初瀬参詣を試みた
3日間おこもりをして夢のお告げをもらってきてちょうだい
そのために…
一尺の鏡(約30cm)をつくったわよ!!
奉納
承知!!
母の本気を見た!!
ムスメは仏を造っていましたね!
さすが親子!

◆夢告～僧の報告～

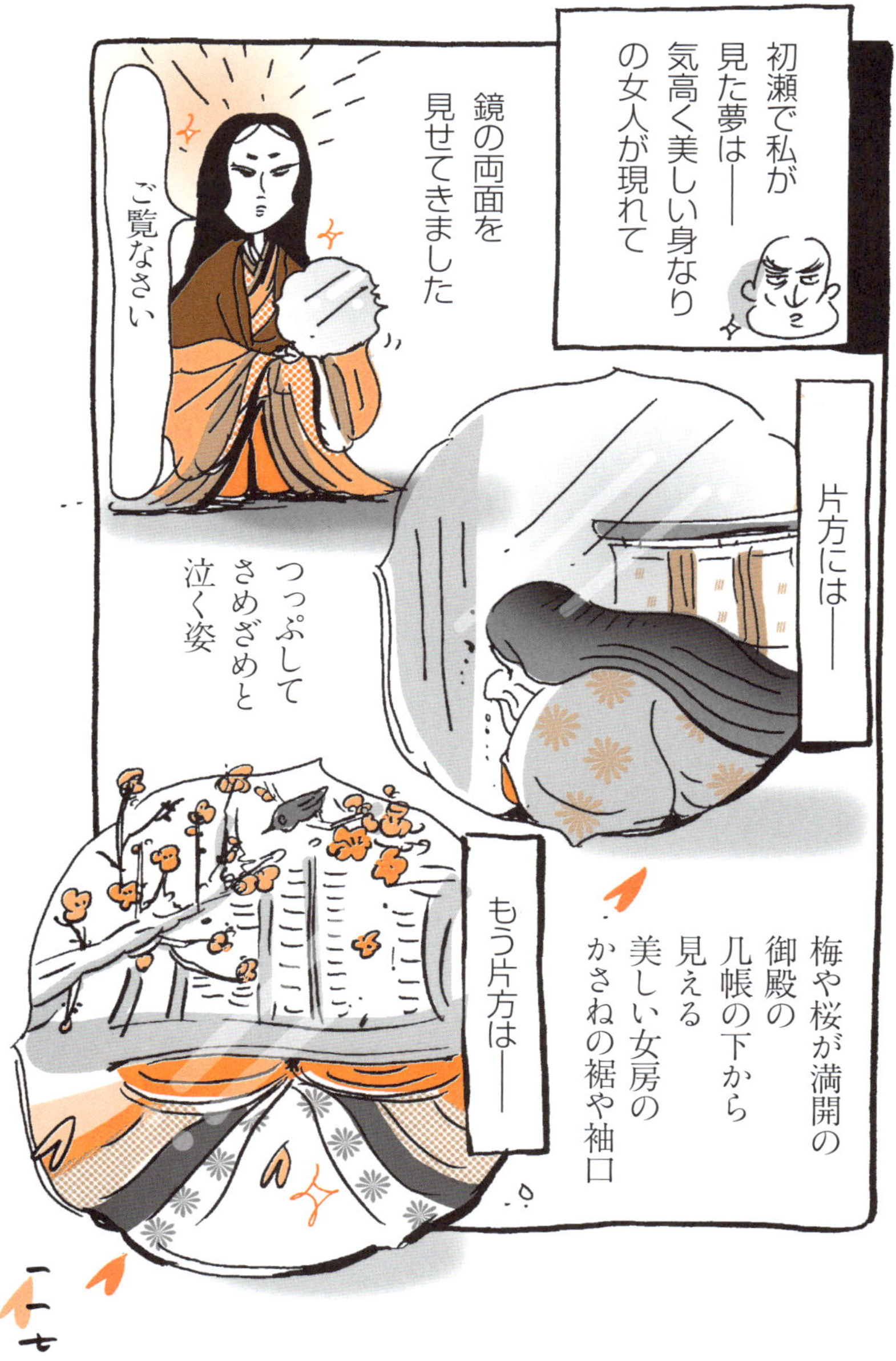

初瀬で私が見た夢は――
気高く美しい身なりの女人が現れて
鏡の両面を見せてきました
ご覧なさい
片方には――
つっぷしてさめざめと泣く姿
もう片方は――
梅や桜が満開の御殿の几帳の下から見える美しい女房のかさねの裾や袖口

赤間先生のよくわかる更級日記講座⑤

古代の夢信仰

『更級日記』には11の夢が記されていますが、古代の人々は、夢を神仏からのお告げと考えていました。大切な願い事がある時に、人々は寺に詣でて身を清めて祈り、夢のお告げを得て帰ります。参籠中に夢が見られなかった場合は、代わりに寺の僧侶に夢を見てもらうこともありました。孝標女の母親は、娘の将来を占うために最初から代参の僧を長谷寺に詣でさせ、夢のお告げを得ています。これは現代では考えられないことですね。

様々な夢を見た後、人々はその夢の意味を知るために夢合わせをしました。現代でも夢占いの本がありますが、当時は夢の意味を解くことを生業《なりわい》にしていた人がいたのです。たとえ不吉な夢を見たとしても、その夢が上手く解ければ幸運が得られ、逆に吉兆と思われる夢でも、変な解き方をされると運が逃げたので、夢解きはとても重要でした。『枕草子』には、恐ろしい夢を見て胸がつぶれそうな時、夢解きの者が何でもないことだと解いてくれたのはとてもうれしいと書いてあります。

また夢は魂の通路で、強い思いを抱いた魂が夢を通って思う方向へ飛んで行くと考えられていました。だから夢に恋人が現れると、相手が自分を思ってくれていると解したのです。現代人には都合のいい解釈に思えますが、古代の恋人同士はなかなか逢えなかったので、夢を頼りにしていたのでしょう。夢で恋人と逢うために衣を返して寝るというお呪《まじな》いもありました。現代ならパジャマを裏返しに着て寝るということですね。

◆信じるか信じないかはアナタしだいです

～という結果でしたと報告します現場からは以上です
どっちなの？
明と暗……って
悲運の警告か栄華の予兆か
今が分岐点ということ？
物語よもうっと。
と、言われても……ね

◆あれから4年——

時は流れ——
4年の任期を経て
父が常陸から戻ってきた
わっ
ムスメよ〜っ
もう生きて会うことはないかと思っていたが
わ〜っ
ご無事でよかった〜
わしも64の高齢
老いぼれの身
老いた身で働くのも情けない
官職も世間のつきあいももう……つかれた
で、引退します

◆INTAI

◆夢見る少女じゃいられない

改めて見ると老いてきている親
ヨボヨボ
しわしわ
——私が一家をきりもり?
ついに降りかかる現実!!
……
ムスメ29才
ちなみに独身
姉の残した子の子育てもある!!

※この時代の平均寿命、女性40才、男性50才。

こんな急にイッキにのしかかるものなの?
現実なんてそういうものですよ

The SARASHINA Diary

リアリスティック 愛と青春の旅立ち

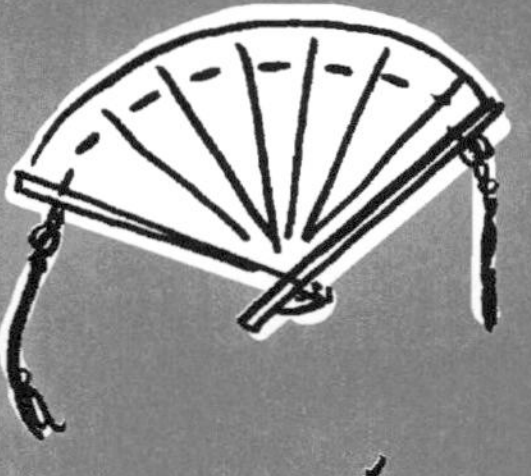

自立

反省

奮闘

奈落

◆そんなこんなで

何をするでもなく
日常は
過ぎゆき
何も変わらぬまま
ムスメ32才
姉にそっくりになってきたな姪——
メシはまだかいの
縁のある人のすすめで——
ぼんやり家にこもってないで宮仕えでもしたらどうかしら
ぼんやり…
宮仕えなんてつらいだけだ!
宮仕えなんてとんでもないうちにおいておく

家においておきたがる古い価値観の孝標!!

今どきの人はみんな出仕するものですよ！
そうすれば自然に運も開けるというもの‼そうなさいな！
デビュー
この私が宮仕えに
パ
父、しぶしぶ承諾。

◆初出仕

とりあえず一晩だけ――という約束で出仕
はっきり言ってこれまで引きこもって暮らしていたわけで――
親たちの庇護の下
物語にばかり夢中になり
ムスメってば…
物語を読むほかに行き来する友だちも親戚もおらず

◆蘇《す》芳《おう》色《いろ》は血の色

そんな私がこんな場所にいるなんて
大緊張
OMEKASHI
※蘇芳色の濃淡を取り交ぜた菊がさねの袿《うちき》を八枚その上に紅の濃い色の表着を着て行ったが――
明け方早々に退出した
自分を見失いそう…
失礼いたします

※黒味をおびた血液のような色

シキブもナゴンも初出仕時は苦労してましたね。

ここで横道
かつて清少納言が出仕したのは
一条天皇の中宮
ナゴン 白居易《はくきょい》の話を
定子サロン
この時17才
紫式部が出仕したのは
道長の娘
彰《しょう》子《し》サロン
この時14才
シキブ 源氏物語読ませて

※定子さまのひ孫で、彰子さまの孫でもあります。
没していま す
今回
ムスメが
出仕したのは——
藤原道長の
長男
頼《より》道《みち》の孫
後朱雀天皇の第三皇女
祐子《ゆうし》内親王
宮さまは
2才
祐子サロン
バブー
コミュニケーションが…
主《あるじ》よりも
乳母や古参の女房に
気を使わねば
なりませんでした

◆甘かった私

家にばかりいた頃は――
ムフフウフフ…
タイクツな田舎暮らしよりも宮仕えした方がおもしろそうだな～気分転換になりそう
いつかは…のあこがれ
なんて、思ったりしたものだったけれどいざやってみるととまどい、恥ずかしい思いばかり
すいません…
世間知らず
でも今さらどうしようもない
あー…

◆再びの本出仕！

いよいよ本格的に出仕
局を与えられ今回は数日間
日帰りではなく泊まりです!!
夜も宮様のもとへ参上したりして──
知らない女たちと横になるのだが──
全然眠れない!!
そしてすでにホームシック!!
帰りたい…
ムリッ

◆10日ほど連勤しまして

◆帰省して改めて見る親は老けている

私に
それほど
価値
など
ないのに
父も母もすっかり
老いてしまった
今日は
ムスメがいるから
にぎやかで
いいな〜
ほんと
それは
そうとして——
物語では
主に
源氏物語とか
のぞき見
こそ
恋のはじまり
だったりするのに…
実際は…
なんか……ね
現実と物語は
違うのか
思ったのと
ちがう…
じっ

◆私の前世

修行した僧侶でも見ることはむずかしいといわれる前世の夢！
なのに…
見ちゃったんです私
清水寺のお堂に入ると僧が出てきて
スーッ
…
あなたは前世でこの寺で仏師をしておりたくさんの仏像を造ったが金箔を貼り付けてる途中で死んだ
この御堂の東にいらっしゃる一丈六尺の仏、ね
なんと！途中で？
仏師…仏師だった…前世は仏師…
なんかかっこいい…
ブフフ…
…

――と。いう
意味ありげな夢を
せっかく見たのであれば!!
清水寺に心を込めて
参内するなりしていれば
よいことも
あったでしょうに
私の人生。

しなかったんです
わたしは、
わたしという
人間は
われながら
それぞ。
菅原孝標女!!!

◆12月25日の行事にて

お仕えする宮家で御仏名会の行事があり一晩だけ…と思って参上した
ズラリ
働く女たち
壮観…
四十数人もの女房がみなそろいの白い袿の上に濃い紅の練絹《ねりぎぬ》を重ねて並んでいた

私は宮仕えに
誘ってくれた
知人のかげに
隠れるようにしていた
ちょっと顔を出しただけで明け方には退出
帰り道――
しんと冴え渡り
凍るような明け方の
月がほのかに濃い紅の
練絹の袖に
映っていた
年は暮れ
夜は明ける
暁の月の光が
袖にとどまっているのも
ほんのつかのま
何もかも 本当にはかない

◆せっかく出仕したからには

せっかくこうして出仕したからには——俗事にかまけて専念できないとしても
そのうち宮仕えにも慣れて——
ひねくれ者というウワサでも立たない限りは
宮家でもほかの女房たちみたいに目をかけられ……
引き立ててもらえることもあるやもしれない
もしかしたら…
清少納言や
紫式部のように!!
私だって…

紫式部の娘は
選ばれて
皇子※の
乳母となり
※後に後冷泉天皇となる
そこまでは
ムリだと
しても
後に、シキブの娘・賢子は
大弐《だいに》の三位《さんみ》
と、呼ばれます
※大弐は夫の官職名
大出世なんです
ずっと守られて
縛られてきた
あの場所から——
しばられていたっけ？
自由に
自立して——
自由？
自分だけの力で——

はしる——
※心象風景です

できそうな気がする
はしる――
ムスメ32才
がんばれー

◆期待はずれ

まもなく親は――
私を宮仕えから身を引かせ――
家に閉じ込め結婚させてしまった
結婚したからといって境遇が急に華やかになるわけでもなく
夢ばかりを追い続けてはいられない年になった

確かに今まで浮ついた心で物語の貴公子なんかを夢見てはいたけれど
光源氏とか
薫大将とか
現実の結婚は――
あまりにも期待はずれだった
ムスメ33才
これまでまじめに生きてきたのに望みは少しも叶わなかった
ん？

ここで横道
こうして結婚したムスメですが夫のことがこの日記にはほぼ出てきません
更級日記
なぜ!?
…というナゾも多い更級日記
ムスメががっかりした結婚相手をここに――
スリルもロマンも連れ去りもない妻子持ちの初老!!
浮舟みたいになるはずが…
これが現実!!

ムスメの夫ってこんな人
橘《たちばなの》俊《とし》通《みち》
39才
結婚した翌年、
下野守に任命され
任国へ
ムスメの父と同じ
受領《ずりょう》階級
妻子や愛人が
幾人かいる
ムスメとは
恋愛結婚
ではない
ムスメが望むような文化的センスがなかった

だよね。
それにしてもひどい言われようですね…

The SARASHINA Diary
ケセラセラ
夢見る頃が過ぎても
悔根
人生

◆それから

結婚後はといえば――
地に足の着いた人並みの日常
これが普通…
きっとこれでいいのだ…
家庭内の雑事に忙しく
「物語」からもすっかり遠のいた――

あんなに夢見た世界も
髪も長くキレイになって浮舟みたいに
すべては、しょせん絵空事

光源氏みたいな人はこの世に存在しないし
薫大将が浮舟を宇治に隠して住まわせるなんていうのもありえない話
物語にうつつをぬかすなんてバカみたいだった
浅はかだった
ありもしない世界を信じていたなんてくだらない
ならば地道に毎日を送ればいいのに

……
そうも
なりきれないのが
私なのだった
…

◆出仕、再び〜feat.姪〜

姪の出仕にともない
私にも呼び出しがあり
ときどき出仕
することになった
娘らしくなって…
あっというまに…
かつてのような
当てにならない
期待は
抱かないし
かつて。
私だって
もしかしたら
清少納言や
紫式部のように…
それか
帝の乳母…
私だって
うぬぼれないこと

◆出仕先での私の扱い

出仕先での私の立場は――
若ぃ新参者
よろしくお願いしまーす
ということでもなく
かといって――
古参のベテラン
生き字引きとは
私のこと!!
というわけでもなく
信望もなく
年だけはベテラン…
どっちつかずの客人扱い
あいまいで中途ハンパ

◆本当の心

ひたすら宮仕えだけにしがみついていなければならない、という身の上ではないので——
私…
別に…
現在バージョンにしてみました
何かお手伝いしましょうか？
あの…
このメール、どう返信すれば
あと5分でお車が到着します
この案件が動きだしたんですけどー
あ、大丈夫ー。お茶でものんでてー
ほかの女房が重用されていても
別にちっともうらやましくない…
かえって気楽

適当と
思われるとき
参上し
お祝い事や
行事の時だけ
顔を出し
目立たぬよう
立ち入らぬよう…
——聞き役に徹して過ごした
私の念じている
天照御神が
宮中においでとのことで
お参りしたく
ある夜、内々に伺ったところ
神さまかと思った
驚くほど
年老いて
神々しい!!
知り合いの
※博士《はかせ》の命婦が
そこに
働く先パイ…。。

※内侍所に仕える70才前後の女房．

◆心のうずき

出仕している祐子内親王の宮中の御殿は――
「藤壺」であった
藤壺
宮中は――まるで
清涼殿
物語の世界のよう
衣ずれの音
女房たちの気配

藤壺・・・
それは――
源氏物語の舞台!!!
うっ…!!
やっぱり物語を信じてるよね
私は今…ここにいるのね
しみじみ～
改めてよかった～宮仕えして…
そして訪れる…予感

恋のよろめき劇場 その1

※清少納言が人気だった
上達部《かんだちめ》や殿上人《てんじょうびと》といった位の高い人に応待するエリート女房※は決まっていて慣れていない私のような田舎者にはそういう人が来ていることすら知らされない
10月の暗い夜――不断経《ふだんぎょう》の行事があったので声のよい僧侶の読経を聞きながらおしゃべりをしていた
グループ最高
よい声～
するとーー
こんばんは
こんばんは
誰か来た!!
エリート女房を呼んでくるのもめんどくサイから
臨機応変に対応する頼もしい女房

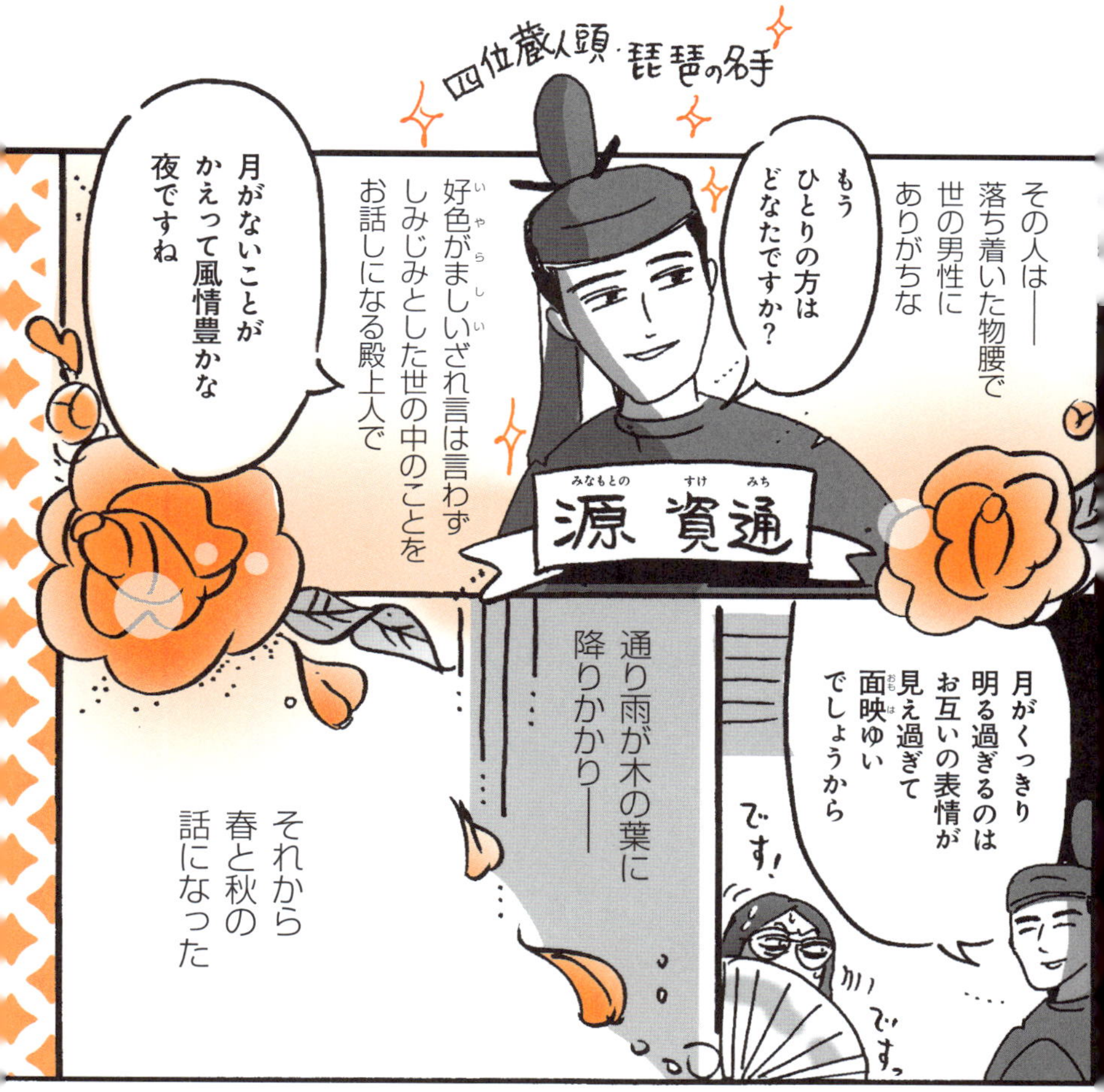

四位蔵人頭・琵琶の名手
その人は――落ち着いた物腰で世の男性にありがちな
もうひとりの方はどなたですか？
好色がましい《いやらしい》ざれ言は言わずしみじみとした世の中のことをお話しになる殿上人で
月がないことがかえって風情豊かな夜ですね
源《みなもとの》資《すけ》通《みち》
月がくっきり明る過ぎるのはお互いの表情が見え過ぎて面《おも》映《は》ゆいでしょうから
です！
カ!!
ですっ
通り雨が木の葉に降りかかり――
それから春と秋の話になった

おふたりは どの季節に 心、惹かれますか？
私は…
秋ですね…
同じ答えは 言いたくない!!
ムスメのプライド
あなた は？
すっ
あさみどり 花もひとつに 霞みつつ おぼろに見ゆる 春の夜の月〜
ううん…
いいね！
ぼんやりと 見える 春の夜の月に… 私は惹かれます
あさみどり… 花もひとつに…

ふたりを立てるさすがの殿上人テクニック！　粋！

その2へつづく!!

恋のよろめき劇場♥その2

あの語らいから1年――
私が誰なのかあの人は
わからないだろうな、と思っていた
源資通
一介の田舎女房
8月、宮中にて
管絃の会※
女房の局で夜明かしをし月を見上げていた
明け方の月が仄《ほの》かに美しい風情…
○○○…

※一晩中、行われる音楽会

会が終わり
退出する人々の足音
あの人だった
その人はふいに私に気づいた…
あの時雨《しぐれ》の夜のことが片時も忘れられず恋しゅうございました
覚えててくれてる〜ッ
ちょっとコレ
現実!?
できすぎていませんか!?

何さまで
思ひ出でけむ
なほざりの
木の葉にかけし
時雨ばかりを
※ほんのわずかな木の葉に降る時雨ほどのその場限りのことでしたのにどうしてそれほど――
いいね、
途中でほかの人が来てしまったので私は奥に引っ込みその人は行ってしまった
彼がそのあと私宛に、と返歌を言づけてあったのを後から知った
あの時雨《しぐれ》の夜のように私の知っている限りの曲を琵琶で弾いてお聞かせしたい
ですってよ。
い…
いみじ〜!!

また翌年の春――
あの人来てるらしいわよ行ってみよ？
うん
しかし人が大勢いすぎ出るに出られず引き返した
――あの人も、退出したみたいだった
加島見て鳴門の浦に漕がれ出づる心は得きや磯の海人
あの人は下世話な人と違って私たちのことを詮索したりすることもなくいつの間にか時が過ぎ去ってしまった
ただそれだけ それっきり
漕がれてと思いこがれてかけてる～
せつない。

姉との恋バナリフレイン

源資通――
ムスメの風流心を受け止め認めてくれた
たった一人の男性だった

タイミング、というのも
案外
かなり
大事かも
しれないよ、と
あの日の自分に
伝えたい…
一生に一度でも夢みたいな瞬間があればそれを宝物に生きていけることってあるよね

改心して——
子の将来
夫の出世
来世のご利益を
祈りに
参詣※へ——
石山寺
吉夢を見た!!
太秦広隆寺
夫とうまくいっていない時こもった…
もう、わたし
浮つかない
物語などに
うつつをぬかさない
今からでも
徳を積む!!
※平安貴族女性のレジャーでもあった
そして初瀬へ
行こうと決めた日が
大嘗会《だいじょうえ》の御禊《ごけい》の日
それは新天皇の
一世一代晴れの儀式
一大パレードが
行われる日で地方からも
わんさかと見物人が
押し寄せる日
だったのです
たまたま
偶然

◆夫のことば

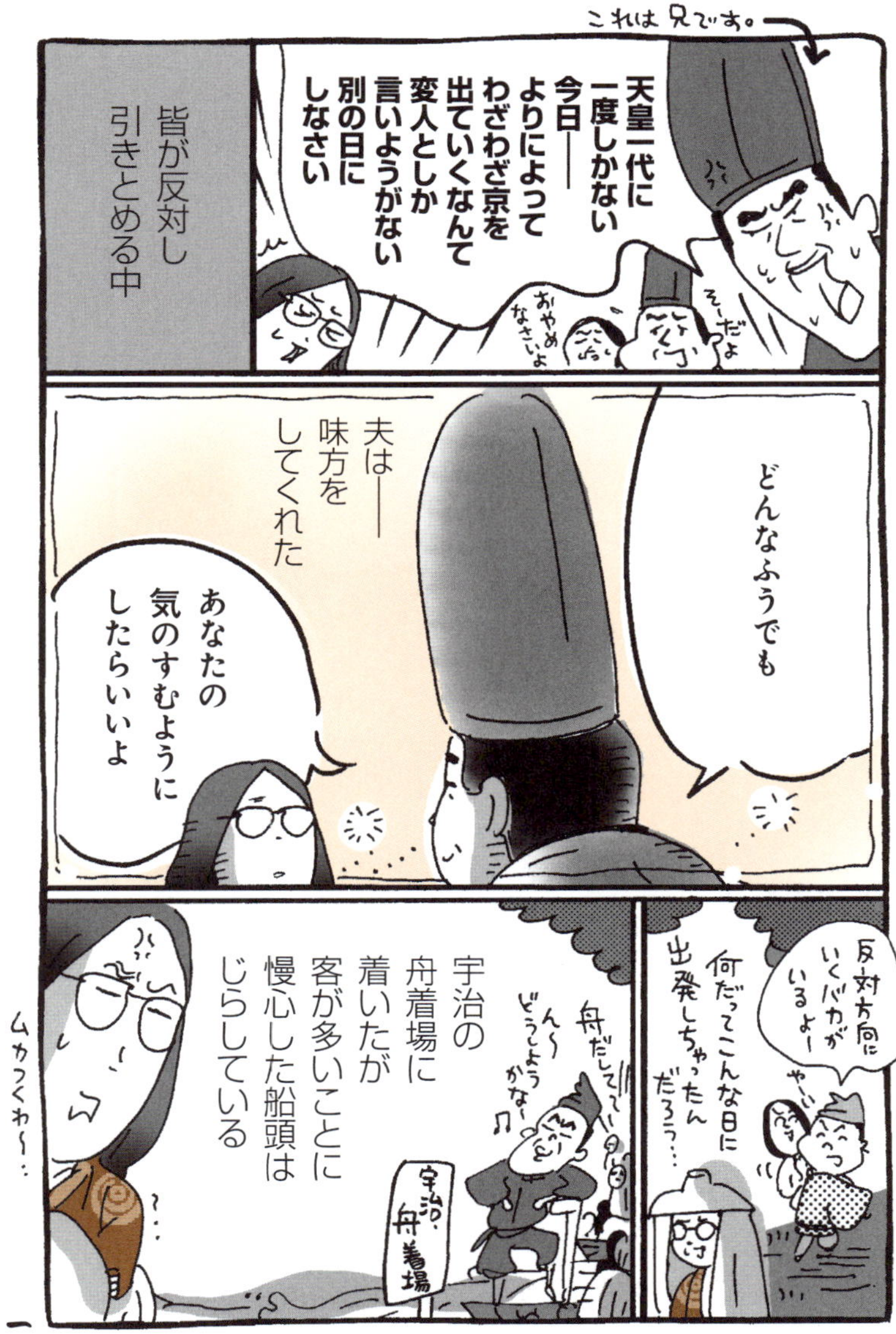

これは兄です。
天皇一代に一度しかない今日――よりによってわざわざ京を出ていくなんて変人としか言いようがない別の日にしなさい
そーだよ
おやめなさいよ
皆が反対し引きとめる中
どんなふうでも
夫は――味方をしてくれた
あなたの気のすむようにしたらいいよ
反対方向にいくバカがいるよー
やーい
何だってこんな日に出発しちゃったんだろう…
宇治の舟着場に着いたが客が多いことに慢心した船頭はじらしている
舟だして
ん〜どうしようかな〜♪
宇治舟着場
?…
ムカつくわ〜…

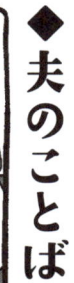

◆聖地巡礼だった

ふと改めて景色を眺めると
ここは――
源氏物語
宇治十帖※
その舞台になった土地だった
宇治の八の宮の姫君たちや浮舟はこういうところに住んでいたのか――と
胸はしった
やっぱり物語への想いがあふれるね。

※ムスメがあこがれた浮舟が暮らした地

◆その後も続く詣でるDAYS

※大ベテラン先パイ女房

◆友だちと月

久々にうららかでのどかな宮家で
どう〜 最近〜
何かおもしろいことある〜?
時々しか出仕しないムスメ
気心の知れた友と3人で楽しくおしゃべりして退出
友だちできたんだね
昨日会ったばかりだけど
書くことはセラピー
便りを交わした
昔のことがなつかしくなってしまって一緒に苦労しましたよね〜
辛い宮仕えだったけど
また会うのがたのしみ

◆寝覚めの床が涙で浮き上がるほど

世間のいやなことも
つらいことも
おもしろいことも
便りを交わしたり お互いに 話し合っていた 友が 夫にともなって 筑前※に 行ってしまった
月の明るい晩は 一晩中眠らずに 月を眺め明かしたもの だったな——
——と思って寝たら 昔のように楽しく過ごす 夢を見てしまった恋しい友だち
※
夢と知っていたら 覚めるのではなかったのに…

※福岡県

※小野小町の「思ひつつ 寝《ぬ》ればや人の 見えつらむ 夢と知りせば 覚めざらましを」を引用しています。

◆私も盛りを過ぎまして

それなりに努力をしてきたつもりではいたけれど
たまにふらっと
ムスメ50才
出仕したくらいではダメなようでした
私も盛りを過ぎ——
いつまでも若い人たちのマネをしているわけにもいかず体調も悪く——
寄る年波…
調子悪くてあたりまえ
今までのように好き放題物詣でもできなくなりたまの出仕も途絶え——
あの頃、旅しまくっててよかったね

出世欲があったムスメ

◆夫の任官、息子のファッション

頼みの綱は夫の任官だけ!!
という頃の待望の知らせ――
唯一の希望
場所はまさかの――
※信《しな》濃《の》!?
遠い…
不本意…
でもうちの父親の上総や
常陸よりは京に近い!!
とあきらめ――
8月27日
息子が付き添って
下って行った
あざやか
紅の袿
表が蘇芳色
裏が青のかさね
紋様を織り出した
青と紫の混ざった袴
夫は、地味な
袴と狩衣。
腰には刀
あ、うちのムスコです

※長野県

息子の衣装のことはとても細かくかいています。

◆夫、戻る

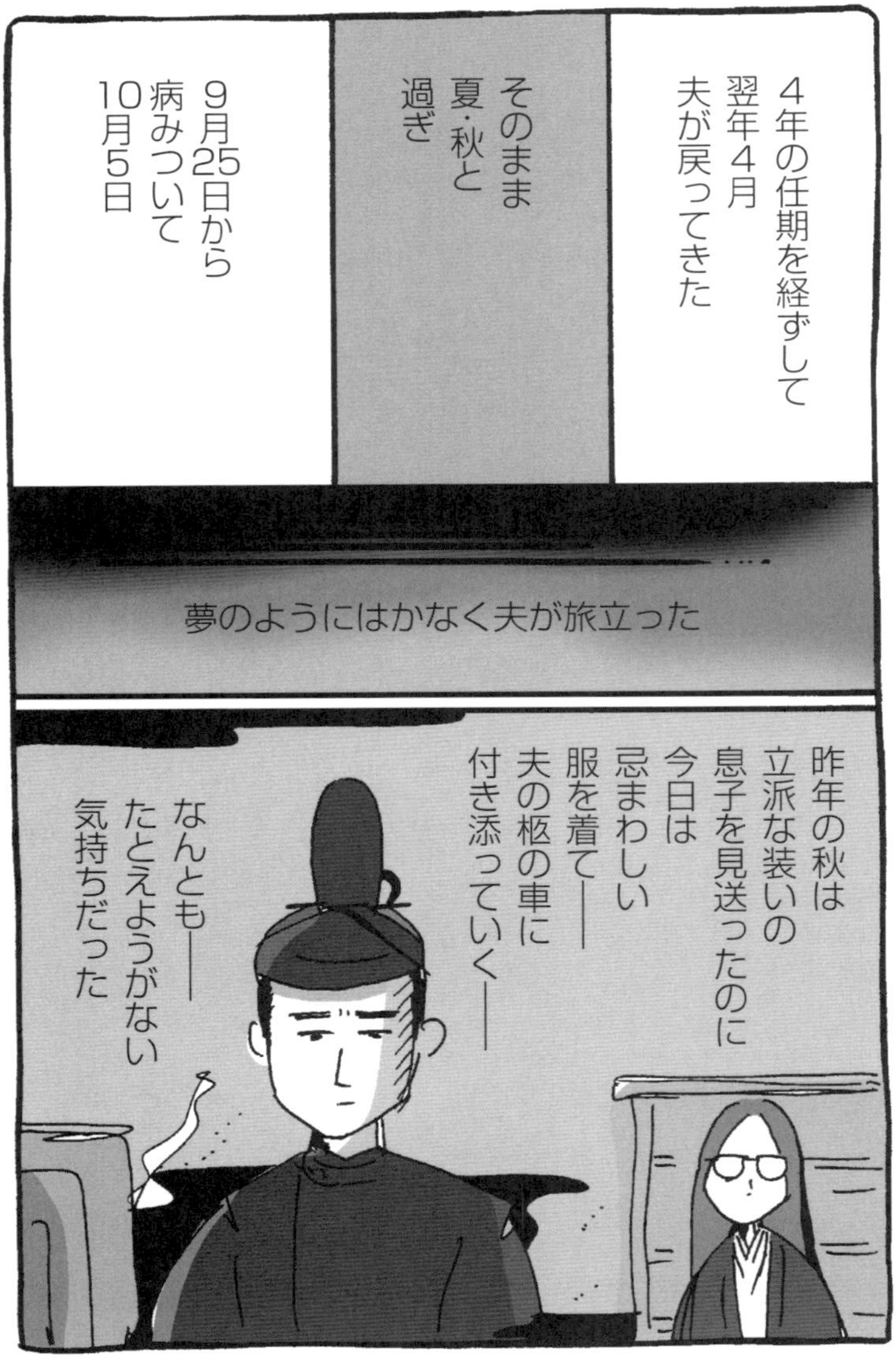

4年の任期を経ずして
翌年4月
夫が戻ってきた
そのまま
夏・秋と
過ぎ
9月25日から
病みついて
10月5日
……
夢のようにはかなく夫が旅立った
昨年の秋は
立派な装いの
息子を見送ったのに
今日は
忌まわしい
服を着て――
夫の柩の車に
付き添っていく――
なんとも――
たとえようがない
気持ちだった

◆不吉な人魂

昨年の夫
下向《げこう》の日のあと――
明け方に
たいそう大きな人魂が
現れて京の方へ
飛んでいきました
不吉な知らせは
このことだったのか

かつて母が奉納した
鏡にうつった夢告
片側は宮中で
華々しく
嬉しそうな姿
皇子の乳母に

もう片方は
倒れ伏して
泣いている
女の姿
まさに
このことだったのだ
なにひとつ思い通りにいかず終わってしまった

幾度か
チャンスはあったのに
フラフラ
フラフラとしてばっかりで
私〜。
このありさまよ
どうどう

The SARASHINA Diary

エピローグ

老残

姨捨

◆明け方に見る夢は正夢

物語ばかり
読みふけって
功徳《くどく》を積まなかった
人生の末路が
今なのだと
つらく思いつつも
じつはひとつだけ
希望があった――
天喜3年
10月13日夜
夫が亡くなる二年前…
家の庭先が
まぶしい

日付をきっちりメモしてます!

ピカー
今回は帰るがまたあとから迎えにこよう
あー阿弥陀さまーっ
という夢を見たんです
六尺…2メートルほどの仏さまでした
これで死後の極楽浄土行きは約束された！
安心…

その頃、女性は死後、極楽浄土には行けない、といわれていたのでこの夢は救いになったことでしょう

◆闇にくれたる姨《をば》捨《すて》に

一緒に住んでいた
甥たちなどと
夫の死を境に
別々に
暮らすようになり…
誰かに会うこともなく
心細く悲しい日々の
——ある暗い夜
6番目の
甥が訪ねてきた
!!

月も出でて
闇にくれたる
姨捨に
なにとて今宵
たづね来つらむ
月もない
姨捨山に
捨てられた私を
なんで訪ねて
きたのでしょ〜

◆月は見ている

様子見てこいって言われたから…
思わず口をついて出ただけ
親しくお付き合いしてたのに音沙汰がない人や久しく便りのない人に歌を贈った
書くことはセラピーなのよ…
今は世にあらじものとや思ふらむあはれ泣く泣くなほこそは経れ
茂りゆく蓬が露にそほちつつ人に訪はれぬ音をのみぞ泣く
世の常の宿の蓬を思ひやれそむきはてたる庭の草むら

絶え間なく流れる涙に
曇る私の心にもやはり
明るく感じられる
今宵の美しい月光
きれいだなぁ
月は
ムスメ52才
夫の最後の赴任地だった信濃は月の名所.

赤間先生のよくわかる更級日記講座⑥

姨捨山伝説と『更級日記』

『更級日記』という作品名は、日記の終わりの方で作者が詠んだ和歌が更級に伝わる姨捨山伝説を踏まえていることによります。平安時代の仮名散文作品には通常、固有の書名がなく、日記の場合は作者の名をつけて『紫式部日記』『和泉式部日記』などと呼ばれました。その例外が日記中に作者自身が書名について言及した『蜻蛉日記』ですが、『更級日記』も作者が意図した書名だと考えられます。

姨捨山伝説とは、食に事欠くほど貧しい一家が老いた親を山に

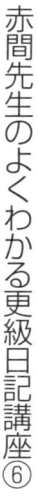

捨てに行く、信濃国の風習に基づく話で、『大和物語』にも載っています。孝標女は自分を姨捨山の老女にたとえて和歌を詠みました。

この作品は、老年を迎えた作者が13歳の少女時代から約40年間を振り返って記したもので、古代の日記文学の中で最も長い期間を扱っています。期間は長いですが、自分にとって最も大切なことを選んで書くのが日記文学です。

孝標女も結婚しましたが、日記では夫や結婚生活にほとんど触れず、宮仕え生活についてもあまり書きません。彼女が焦点を当てているのは、人生で最も心を惹かれた物語と、その世界に相反する仏教信仰との葛藤です。他の日記のように特に稀有な体験や情熱的な恋愛はなく、日常的な出来事が書き連ねてあるのですが、瑞々しい感覚でとらえられた印象的な描写の所々が心に残ります。『更級日記』は、人生経験をある程度経た読者にこそ魅力が伝わる作品だと言われています。

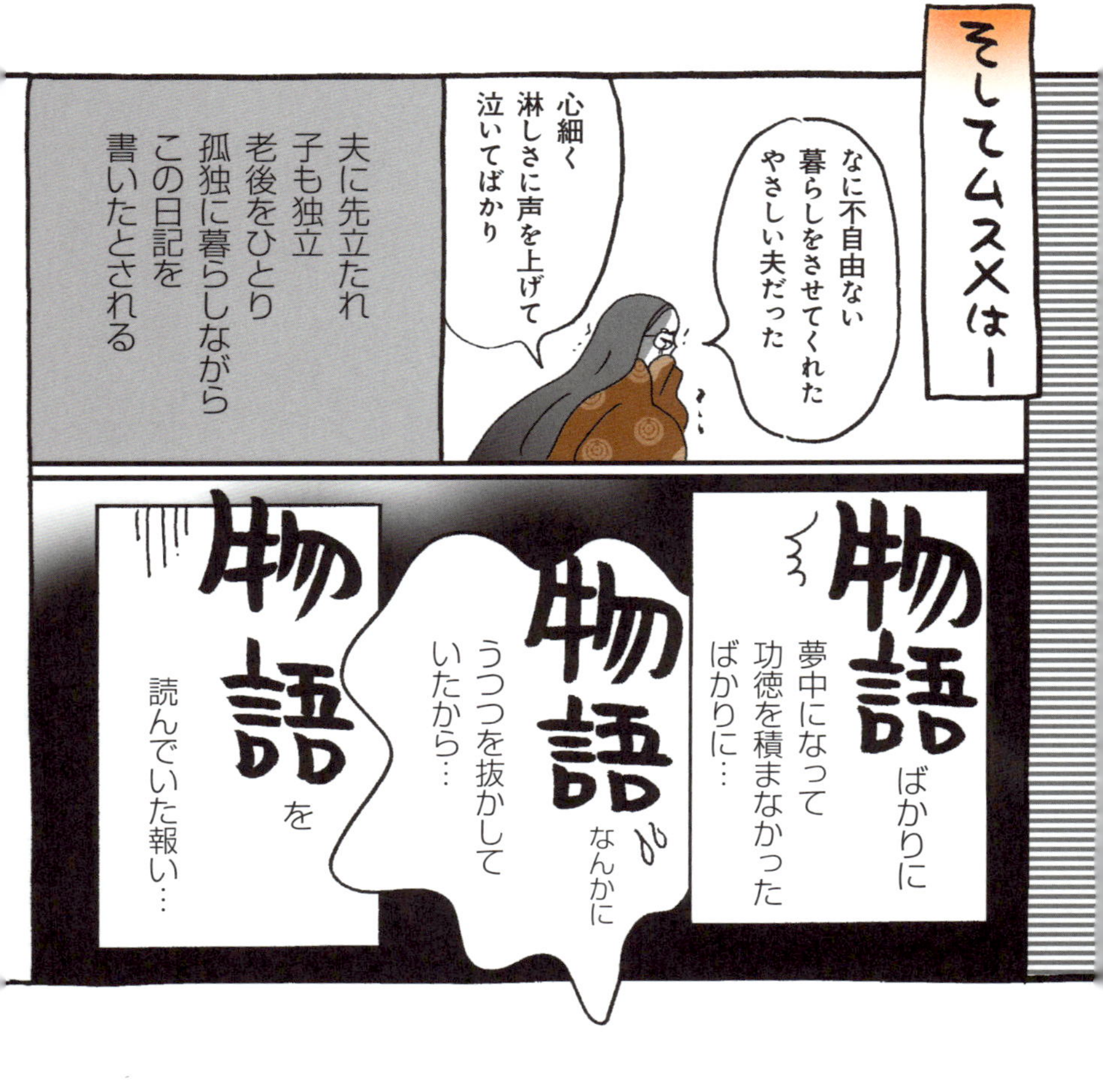
そしてムスメはー
なに不自由ない暮らしをさせてくれたやさしい夫だった
心細く淋しさに声を上げて泣いてばかり
夫に先立たれ子も独立老後をひとり孤独に暮らしながらこの日記を書いたとされる
物語ばかりに夢中になって功徳を積まなかった ばかりに…
物語なんかにうつつを抜かしていたから…
物語を読んでいた報い…

と、
くり返される悔恨の言葉が
逆のメッセージに取れて
仕方がないのです
反省してるテイで
反省も後悔も
していない
ような
本当は
物語って
すばらしい…
娘・妻・母という
役割から
解放され
孤独と
引きかえに
今度こそ
自由に
物語の世界へ
身を沈め――
自分でも作品を
書き上げた――
のでは
ないでしょうか。
ムスメが書いたといわれる作品たち※
自ら悔ゆる
御津の浜松
夜半の寝覚
あさくら
※写本の奥付にあります

さいごの横道
それから170年後――
所在不明となっていた『更級日記』を発見し
これは!!?
170年も前のものだから日本語が…
むむむ
60代
おそらく老眼
書き写し後の世までつなげてくれたのが――

だけど百人一首には入れてくれなかったのよね
百人一首を撰じた
藤《ふじ》原《わらの》定《てい》家《か》
平安末期から鎌倉初期を生きた歌人
道長の5代後の孫。1162年生まれ
自身も56年間を記した日記を残している
明月記
病気がちだった定家。物語に救われた人物がここにも。
その後―ムスメ直筆の原本は紛失
現存する最古の『更級日記』が定家の写本
更級日記
2023年に国宝に
読むこと書くこと残すこと
誰かの好きの想いは繋がってゆき――再び誰かの光になる

あとがき

ムスメが書いた（とされる）物語は時を経て、三島由紀夫にも影響を与え、
また新たな作品へと繋がっていきます。

ムスメを夢中にさせた『源氏物語』の凄さを改めて思い知ると同時に、
1000年前の書物をいま読むことができるに至っている
ここまでの先人たちのバトンリレーに

尊さを感じずにはいられません。

何度も読み返し実際マンガに興した時に感じる違和感。
伏線回収の波が綺麗に繰り返しあったり、『紫式部日記』にとても似ている部分、
リアルな部分と、ツッコミ必須のベタな少女漫画的ファンタジックな部分。

書かれている部分と書かれていない部分のアンバランスさ。時間の飛び方。
どこが「本物（日記）」でどこまでが「物語（虚構）」なのか？
本当に個人的な回顧録なのか！
藤原頼通（と祐子内親王）をアゲるための戦略ありきのものなのか？
物語だけを読んでゴロゴロ暮らしたい人だったのか！
実は野望に燃えた人だったのか。天然なのか計算なのか!?
浮舟を好きだった本当の理由は？

……という裏読みさせる何かが、この日記の魅力なのかもしれません。
ドリーミンな女子が夢叶わぬまま専業主婦になっていく、退屈で平凡な回想日記。
『更級日記』に対して抱いていた勝手なイメージが崩壊しました。

退屈で平凡な人生などない。

本書ではところどころ年齢を記しております。
年齢なんてただの数字なのに馬鹿馬鹿しい！　エイジズム！　と思われる方もいらっしゃるでしょう。平安時代と今の年齢を等しく考えるのは浅はかですが
年齢というキーワード、もしくはカウントダウンがあると
ムスメの衝動のダイナミックさや可笑しさが

何かと腑に落ちやすくなるので、ひとつの目安としてお許しください。
ムスメが源氏物語54巻を手に入れた喜びの瞬間を読むと
なぜか目から水が縦に吹き出します。
自分の中の「いつかの幸せの記憶」と結びつき、スイッチが入ってしまうようです。
「好きの想い」は幸せだけではなく、苦しさや挫折も運んできますが
胸に灯す光はやっぱり無敵です。

江戸時代「『源氏物語』の内容を手っ取り早く知りたい」という人向けの
ダイジェスト本が流行ったそうです。
この本もそんな感じで、ここを踏み台にして素晴らしい先生方が書かれた本や
現代語訳をお読みいただけましたら嬉しく思います。

最後に。今回もお力添えをいただきました赤間恵都子先生、
装丁家の川名潤さん、DTPの松浦好美さん、
盾となり剣となりご尽力してくださった編集の関由香さん、
そしてこの本を手に取ってくださっている皆様、ありがとうございました。

はしる
はしる

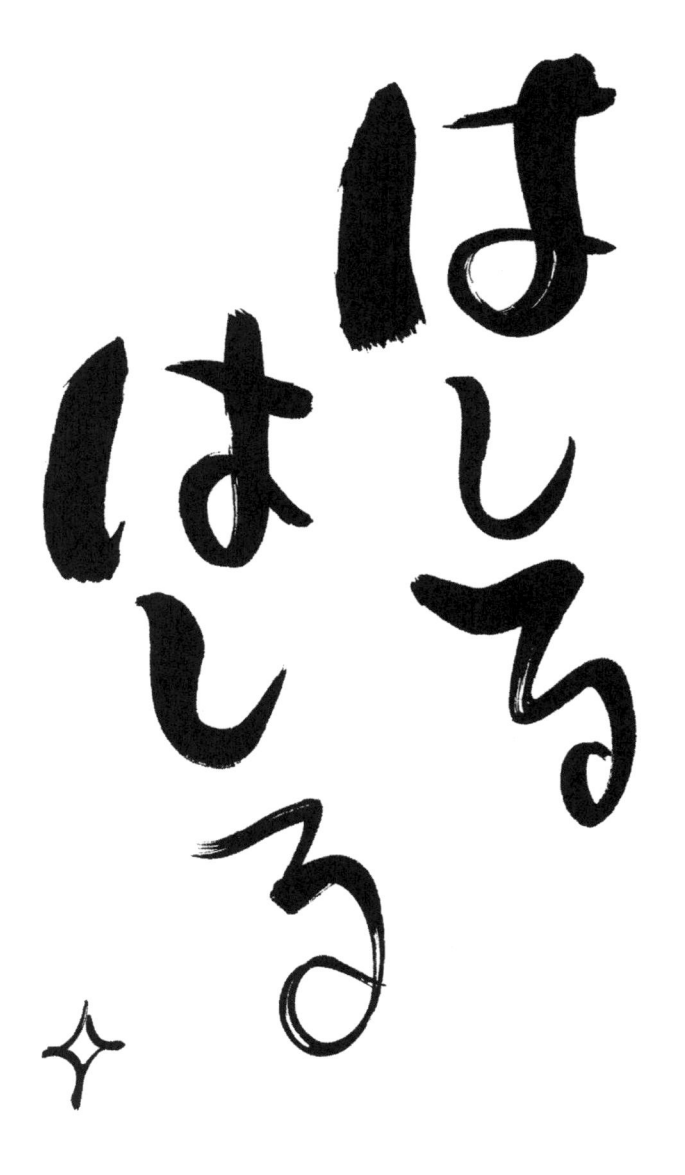

つっこみナビは
たよらいちゃん
でした

巻末おまけ

コムカイ的

さらす日記

Diary

◆ムスメとメガネ

カーテンもあけずに…
小さな頃から マンガが 大好きで いつでも どこでも うす暗い 部屋でも フトンに入って 読みふけって いたところ——
小学2年生の時点で ド近眼デビュー となり
目が小さくなるヨ！
幾星霜《いくせいそう》—— コンタクトレンズは 今や-10です
コンタクトって -16くらいまで あるから安心
なので ムスメも きっと目が 悪かったんじゃ ないかと思い メガネを かけさせて しまいました
平安時代って どうしてたの？

◆ムスメと父

ムスメの父・孝標は娘の身を案じ(?)宮仕えを辞めさせ結婚させせましたが
うちの父(没後6年)タケミは
源義経はチンギスハンになった説を私にふきこみつづけた
目が悪くなるからマンガ禁止!
destroy
いくら言ってもマンガを読むのをやめないムスメの身を案じ――
私のマンガを全捨てしました
ギャー
やめてー
!!
ドザー
でいしっ

遠い… 昭和の話です…

◆ムスメと夢とスピリチュアル

夢の話が『更級日記』にはよく出てきましたが
天喜三年10月13日…
私もよく不思議な夢を見ます
2021年11月18日
生々しいのはスマホにメモ
どこかの寂しい街を徘徊中角を曲がって
で…でっかい
ド
人見観音
人見観音
いうんやでー
居あわせた老女が私に教えてくれた
←誰？
——という夢なんですが
なにかのお告げ(?)かとスマホで検索
そんな観音ないわ…
生々しかったー
あったら行こうかと思いましたよ
人の夢の話ってつまんないですよね。

◆ムスメと罪悪感

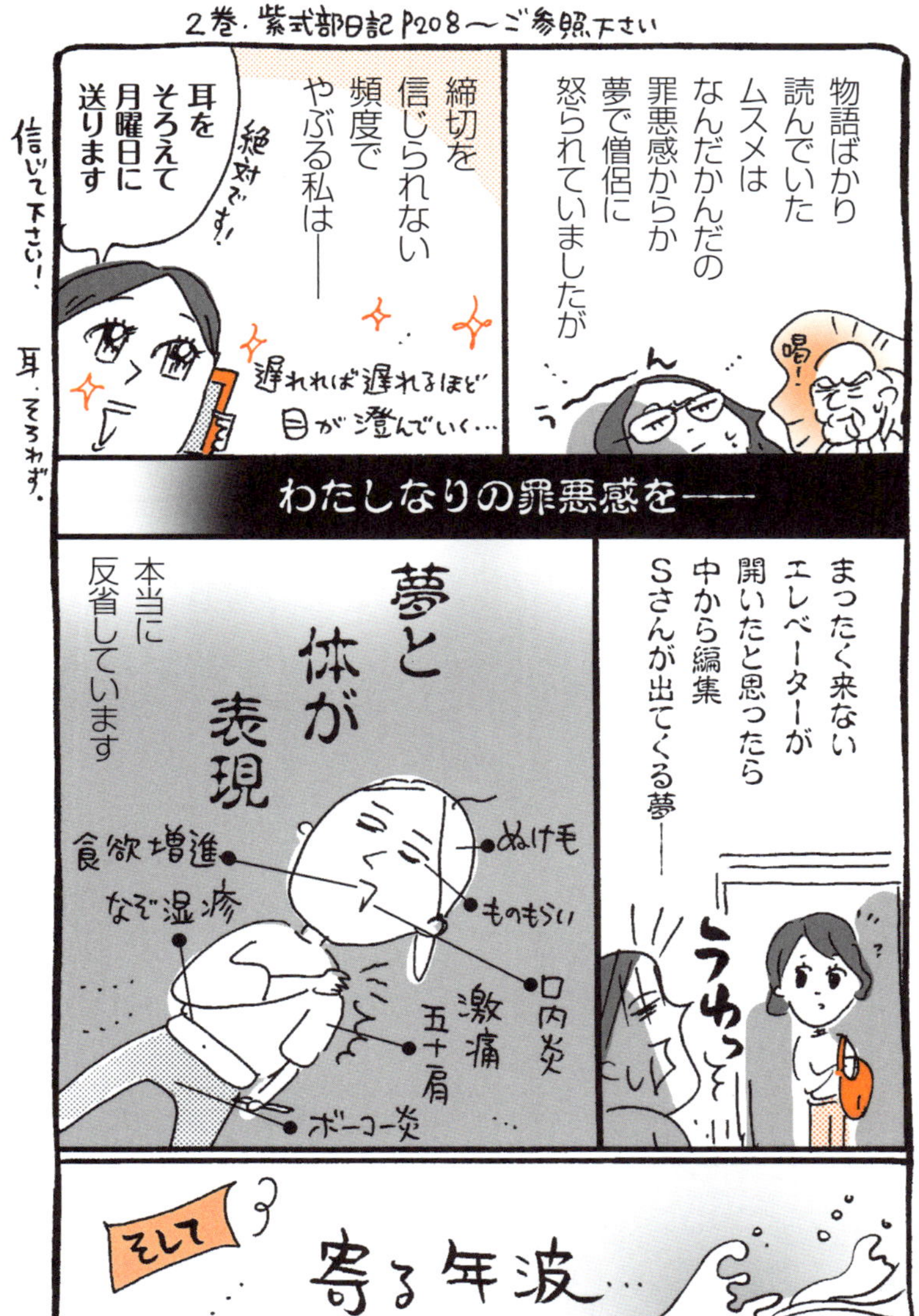
2巻・紫式部日記P208～ご参照下さい
物語ばかり読んでいたムスメはなんだかんだの罪悪感からか夢で僧侶に怒られていましたが
喝！
ん
う
締切を信じられない頻度でやぶる私は――
絶対です！
耳をそろえて月曜日に送ります
遅れれば遅れるほど目が澄んでいく…
信じて下さい！
耳・そろわず。
わたしなりの罪悪感を――
まったく来ないエレベーターが開いたと思ったら中から編集Sさんが出てくる夢――
うわっ
夢と体が表現
本当に反省しています
食欲増進
なぞ湿疹
ぬけ毛
ものもらい
口内炎
激痛五十肩
ボーコー炎
そして
寄る年波…

◆私のはしるはしる

これまでずっと望んでいた『源氏物語』を誰にもジャマされず
何回も見過ぎて暗記しちゃった
几帳の内に寝っ転がって読む気持ちといったら!!
后の位なんて大したことないくらいこっちのがサイコー!!
続きが読みたい
ごひいきの人の舞台配信過去作
何十回も見てるのに泣ける…
キレイな水が目からでてくる
誰にもジャマされず見る気持ちといったら
一生ずっと見ていたい
ごはんもいらない
もっと見たい
願わくば新作が見たい…
神さま…
わ・か・る
よ!
1000年の時を超えて今!!

新作の舞台が上演されるとなったらなったでー
あぁぁあ あー
ああ
あー
うれしいけどこわい…
チケットとれたけど
たった一枚…
席は近いの?遠いの?
いや、とれただけありがたい…
チケットがなくて私が観られない日も地球上の舞台にあの人が立っているかと思うとつらい苦しい見たくてくるう
はぁ
はあ
全部見たい…
いや、もう見たくない
見たい!!
ウソ!
かといってさすがに等身大の薬師仏は造らないけど
アクスタの数で勝負!
今、気が付いたら机の上にアクリルスタンドと弥勒菩薩並べて飾ってた
ご縁をかんじるわ…!!
昔○○ガチャで出た仏。
ムスメがよく行っていた太秦の広隆寺のみろく菩薩です!

◆ムスメと上総の国

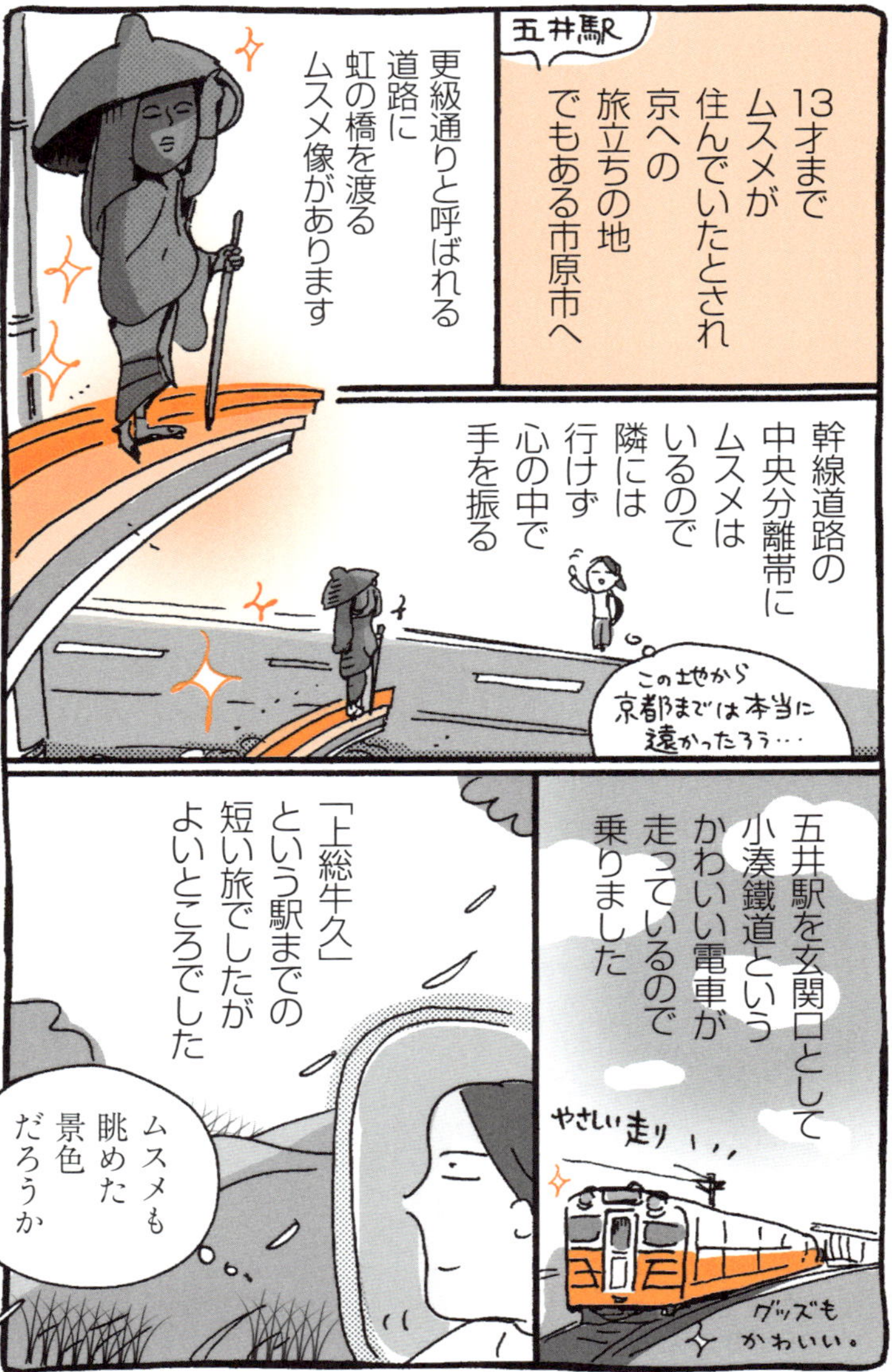
五井駅
13才まで
ムスメが
住んでいたとされ
京への
旅立ちの地
でもある市原市へ
更級通りと呼ばれる
道路に
虹の橋を渡る
ムスメ像があります
幹線道路の
中央分離帯に
ムスメは
いるので
隣には
行けず
心の中で
手を振る
この地から
京都までは本当に
遠かったろう…
五井駅を玄関口として
小湊鐵道という
かわいい電車が
走っているので
乗りました
やさしい走り
グッズも
かわいい。
「上総牛久」
という駅までの
短い旅でしたが
よいところでした
ムスメも
眺めた
景色
だろうか

ガタンゴトンという心地よいゆれが牛車のようだなと思いをはせつつ。

『更級日記』原文

頁〇二六〜〇三四

　あづま路《ぢ》の道の果《はて》よりも、なほ奥つ方《かた》に生ひ出《い》でたる人、いかばかりかはあやしかりけむを、いかに思ひ始めけることにか、世の中に物語といふもののあんなるを、いかで見ばやと思ひつつ、つれづれなる昼間《ひるま》宵居《よひゐ》などに、姉、継母《ままはは》などやうの人々の、その物語かの物語、光源氏《ひかるげんじ》のあるやうなど、ところどころ語るを聞くに、いとどゆかしさまされど、わが思ふままに、そらにいかでかおぼえ語らむ。いみじく心もとなきままに、等身《とうしん》に薬師仏《やくしぼとけ》を造りて、手洗ひなどして、人まにみそかに入りつつ、「京《きやう》にとく上げたまひて、物語の多くさぶらふなる、あるかぎり見せたまへ」と、身を捨てて額《ぬか》をつき祈り申すほどに、十三になる年、上らむとて、九月《ながつき》三日門出《かどで》して、いまたちといふ所にうつる。

　年ごろ遊び馴《な》れつる所を、あらはにこほち散らして、たち騒ぎて、日の入《い》り際《ぎは》のいとすごく霧《き》りわたりたるに、車に乗るとてうち見やりたれば、人まには参りつつ額《ぬか》をつきし薬師仏の立ちたまへるを、見捨てたてまつる悲しくて、人知れずうち泣かれぬ。

［一　物語に憧れる日々　より］

頁〇四〇〜〇四三

　門出したる所は、めぐりなどもなくて、かりそめの茅《かや》屋《や》の、蔀《しとみ》などもなし。〈中略〉下総《しもつさ》の国のいかだといふ所にとまりぬ。

［二　京への旅立ち　より］

〈前文略〉その夜は、くろとの浜といふ所にとまる。

〈以下略〉

［三　昔の跡、くろとの浜　より］

　そのつとめて、そこを立ちて、下総《しもつさ》の国と武蔵《むさし》との境にてある太井《ふとゐ》川といふが上《かみ》の瀬、まつさとの渡りの津にとまりて、夜一夜、舟にてかつがつ物など渡す。乳母《めのと》なる人は、男《をとこ》なども亡くなして、境にて子生みたりしかば、離れて別《べち》に上る。いと恋しければ、行かまほしく思ふに、せうとなる人いだきて率《ゐ》て行きたり。〈以下略〉

［四　乳母を見舞って　より］

今は武蔵《むさし》の国になりぬ。〈以下略〉

［五　竹芝の伝説　より］

頁〇四四〜〇四九

＜前文略＞「これはいにしへ、竹芝といふさかなり。国の人のありけるを、火《ひ》たき屋の火たく衛士《ゑじ》にさしたてまつりたりけるに、御前《おまへ》の庭を掃くとて、『などや苦しきめを見るらむ。わが国に七つ三つつくり据《す》ゑたる酒壺《さかつぼ》に、さし渡したる直柄《ひたえ》の瓢《ひさご》の、南風吹けば北になびき、北風吹けば南になびき、西吹けば東になびき、東吹けば西になびくを見で、かくてあるよ』と、ひとりごちつぶやきけるを、その時、みかどの御むすめ、いみじうかしづかれたまふ、ただひとり御簾《みす》の際《きは》に立ち出《い》でたまひて、柱に寄りかかりて御覧ずるに、このをのこの、かくひとりごつを、いとあはれに、いかなる瓢のいかになびくならむと、いみじうゆかしくおぼされければ、御簾を押し上げて、『あのをのこ、こち寄れ』と召しければ、かしこまりて高欄《かうらん》のつらに参りたりければ、『言ひつること、いま一《ひと》返りわれに言ひて聞かせよ』と仰せられければ、酒壺のことをいま一返り申しければ、『われ率《ゐ》て行きて見せよ。さ言ふやうあり』と仰せられければ、かしこくおそろしと思ひけれど、さるべきにやありけむ、負《お》ひたてまつりて下《くだ》るに、ろんなく人追ひて来《く》らむと思ひて、その夜、瀬田《せた》の橋のもとに、この宮を据ゑたてまつりて、瀬田の橋を一間《ひとま》ばかりこほちて、それを飛び越えて、この宮をかき負ひたてまつりて、七日七夜《なぬかななよ》といふに、武蔵の国に行き着きにけり。

みかど、后、皇女《みこ》失せたまひぬとおぼしまどひ、求めたまふに、『武蔵の国の衛士のをのこなむ、いと香《かう》ばしき物を首にひきかけて、飛ぶやうに逃げける』と申し出《い》でて、このをのこを尋ぬるに、なかりけり。ろんなくもとの国にこそ行くらめと、おほやけより使《つかひ》下りて追ふに、瀬田の橋こほれて、え行きやらず。三月《みつき》といふに、武蔵の国に行き着きて、このをのこを尋ぬるに、この皇女《みこ》、おほやけ使《つかひ》を召して、『われ、さるべきにやありけむ、このをのこの家ゆかしくて、率《ゐ》て行けと言ひしかば率て来たり。いみじくここありよくおぼゆ。このをのこ罪し、れうぜられば、われはいかであれと。これも前《さき》の世《よ》に、この国に跡を垂《た》るべき宿世《すくせ》こそありけめ。はや帰りて、おほやけにこのよしを奏《そう》せよ』と仰せられければ、言はむかたなくて、上りて、みかどに、『かくなむありつる』と奏しければ、『言ふかひなし。そのをのこを罪しても、今はこの宮を取り返し都に帰したてまつるべきにもあらず。竹芝のをのこに、生けらむ世のかぎり武蔵の国を預けとらせて、おほやけごともなさせじ、ただ、宮にその国を預けたてまつらせたまふ』よしの宣旨《せんじ》下《くだ》りにければ、この家を内裏《だいり》のごとく造りて、住ませたてまつりける家を、宮など失せたまひにければ、寺になしたるを、竹芝寺と言ふなり。その宮の生みたまへる子どもは、やがて武蔵といふ姓《さう》を得てなむありける。それよりのち、火たき屋に女はゐるなり」と語る。

〔五　竹芝の伝説　より〕

頁〇五二〜〇六一

＜前文略＞にしとみといふ所の山、絵よくかきたらむ屏風《びやうぶ》を立て並べたらむやうなり。＜中略＞もろこしが原といふ所も、砂子《すなご》のいみじう白きを二日三日《ふつかみか》行く。＜以下略＞

〔六　「すみだ川」と「もろこしが原」〕

足柄山《あしがらやま》といふは、四五日かねておそろしげに暗がりわたれり。＜中略＞麓に宿りたるに、月もなく暗き夜の、闇《やみ》にまどふやうなるに、遊女《あそび》三人《みたり》、いづくよりともなく出《い》で来たり。＜以下略＞

〔七　足柄の遊女〕

富士の山はこの国なり。＜中略＞

田子《たご》の浦は浪高くて、舟にて漕《こ》ぎめぐる。＜以下略＞

〔八　「富士山」と「清見が関」〕

富士川といふは、富士の山より落ちたる水なり。その国の人の出《い》でて語るやう、「一年《ひととせ》ごろ、物にまかりたりしに、いと暑かりしかば、この水のつらに休みつつ見れば、川上の方《かた》より黄なる物流れ来て、物につきてとどまりたるを見れば、反故《ほぐ》なり。取り上げて見れば、黄なる紙に、丹《に》して濃くうるはしく書かれたり。あやしくて見れば、来年なるべき国どもを、除目《ぢもく》のごとみな書きて、この国来年空《あ》くべきにも、守《かみ》なして、また添へて二人をなしたり。あやし、あさましと思ひて、取り上げて、干《ほ》して、をさめたりしを、かへる年の司召《つかさめし》に、この文《ふみ》に書かれたりし、一つ違《たが》はず、この国の守とありしままなるを、三月《みつき》のうちに亡くなりて、またなりかはりたるも、このかたはらに書きつけられたりし人なり。かかることなむありし。来年の司召などは、今年《ことし》、この山に、そこばくの神々集まりてないたまふなりけりと見たまへし。めづらかなることにさぶらふ」と語る。

［九　富士川の伝説　より］

沼尻といふ所もすがすがと過ぎて、いみじくわづらひ出でて、遠江《とほたふみ》にかかる。〈中略〉

その渡りして浜名の橋に着いたり。〈以下略〉

［一〇　病、そして遠江へ　より］

それよりかみは、猪鼻《ゐのはな》といふ坂の、えも言はずわびしきを上《のぼ》りぬれば、三河《みかは》の国の高師《たかし》の浜といふ。〈中略〉二村《ふたむら》の山の中にとまりたる夜、大きなる柿の木の下に庵《いほ》を造りたれば、〈中略〉

尾張《をはり》の国、鳴海《なるみ》の浦を過ぐるに、夕潮《ゆふしほ》ただ満ちに満ちて、今宵宿らむも中間《ちうげん》に、潮満ちきなば、ここをも過ぎじと、あるかぎり走りまどひ過ぎぬ。

［一一　三河、尾張へ　より］

美濃《みの》の国になる境に、墨俣《すのまた》といふ渡りして、野上《のがみ》といふ所に着きぬ。〈中略〉

雪降り荒れまどふに、ものの興もなくて、不破《ふは》の関、あつみの山など越えて、近江《あふみ》の国おきながといふ人の家に宿りて、四五日あり。

みつさかの山の麓《ふもと》に、夜昼《ひるよる》、時雨《しぐれ》、霰《あられ》降り乱れて、日の光もさやかならず、いみじうものむつかし。〈中略〉

湖《みづうみ》の面はるばるとして、なで島、竹生島《ちくぶしま》などいふ所の見えたる、いとおもしろし。瀬田の橋みなくづれて渡りわづらふ。

［一二　美濃より近江へ　より］

粟津《あはづ》にとどまりて、師走《しはす》の二日、京に入《い》る。暗く行き着くべくと、申《さる》の時ばかりに立ちて行けば、関近くなりて、山づらにかりそめなる切懸《きりかけ》といふ物したる上《かみ》より、丈六《ぢやうろく》の仏の、いまだ荒造りにおはするが、顔ばかり見やられたり。あはれに、人離れていづこともなくておはする仏かなと、うち見やりて過ぎぬ。

ここらの国々を過ぎぬるに、駿河《するが》の清見《きよみ》が関と、逢坂《あふさか》の関とばかりはなかりけり。いと暗くなりて、三条の宮の西なる所に着きぬ。

［一三　旅の終わり　より］

頁〇六八～〇六九

ひろびろと荒れたる所の、過ぎ来つる山々にも劣らず、大きにおそろしげなる深山木《みやまぎ》どものやうにて、都の内とも見えぬ所のさまなり。ありもつかず、いみじうもの騒がしけれども、いつしかと思ひしことなれば、「物語もとめて見せよ、見せよ」と、母をせむれば、三条の宮に、親族《しぞく》なる人の、衛門《ゑもん》の命婦《みやうぶ》とてさぶらひける、尋ねて、文《ふみ》やりたれば、めづらしがりて喜びて、「御前のをおろしたる」とて、わざとめでたき冊子《さうし》ども、硯《すずり》の箱の蓋《ふた》に入れておこせたり。うれしくいみじくて、夜昼これを見るよりうち始め、またまたも見まほしきに、ありもつかぬ都のほとりに、誰《たれ》かは物語もとめ見する人のあらむ。

［一四　物語を求めて　より］

頁〇七〇～〇七一

継母《ままはは》なりし人は、宮仕《みやづか》へせしが下《くだ》りしなれば、思ひしにあらぬことどもなどありて、世の中うらめしげにて、ほかに渡るとて、五つばかりなる児《ちご》どもなどして、「あはれなりつる心のほどなむ、忘れむ世あるまじき」など言ひて、梅の木の、つま近くていと大きなるを、「これが花の咲かむをりは来《こ》むよ」と言ひおきて渡りぬるを、心のうちに恋しくあはれなりと思ひつつ、しのびねをのみ泣きて、その年もかへりぬ。いつしか梅咲かなむ、来むとありしを、さやあると、目をかけて待ちわたるに、花もみな咲きぬれど、音もせず。思ひわびて、花を折りてやる。

頼めしをなほや待つべき霜枯《しもが》れし梅をも春は忘れざりけり

と言ひやりたれば、あはれなることども書きて、

なほ頼め梅のたち枝は契《ちぎ》りおかぬ思ひのほかの人も訪《と》ふなり

［一五　継母との別れ　より］

頁〇七二

その春、世の中いみじう騒がしうて、まつさとの渡りの月かげあはれに見し乳母《めのと》も、三月《やよひ》ついたちに亡くなりぬ。せむかたなく思ひ嘆くに、物語のゆかしさもおぼえずなりぬ。＜中略＞

また聞けば、侍従《じじゆう》の大納言《だいなごん》の御むすめ亡くなりたまひぬなり。殿《との》の中将《ちゆうじやう》のおぼし嘆くなるさま、わがものの悲し

きをりなれば、いみじくあはれなりと聞く。上り着きたりし時、「これ手本にせよ」とて、この姫君の御手をとらせたりしを、「さよふけてねざめざりせば」など書きて、「鳥辺山谷に煙《けぶり》のもえ立たばはかなく見えしわれと知らなむ」と、言ひ知らずをかしげに、めでたく書きたまへるを見て、いと涙を添へまさる。

［一六　乳母、侍従の大納言の御むすめの死　より］

頁〇七四～〇七五、〇八〇～〇八九

かくのみ思ひくんじたるを、心もなぐさめむと心苦しがりて、母、物語などもとめて見せたまふに、げにおのづからなぐさみゆく。紫のゆかりを見て、つづきの見まほしくおぼゆれど、人かたらひなどもえせず、誰《たれ》もいまだ都なれぬほどにてえ見つけず。いみじく心もとなく、ゆかしくおぼゆるままに、「この源氏の物語、一の巻よりしてみな見せたまへ」と、心のうちに祈る。親の太秦《うづまさ》にこもりたまへるにも、ことごとなくこのことを申して、出《い》でむままにこの物語見はてむと思へど見えず。いとくちをしく思ひ嘆かるるに、をばなる人の田舎《ゐなか》より上《のぼ》りたる所にわたいたれば、「いとうつくしう生ひなりにけり」など、あはれがりめづらしがりて、帰るに、「何をか奉らむ。まめまめしき物は、まさなかりなむ。ゆかしくしたまふなる物を奉らむ」とて、源氏の五十余巻《よまき》、櫃《ひつ》に入りながら、在中将《ざいちゆうじやう》、とほぎみ、せりかは、しらら、あさうづなどいふ物語ども、一ふくろとり入れて、得て帰る心地のうれしさぞいみじきや。

はしるはしる、わづかに見つつ、心も得ず心もとなく思ふ源氏を、一の巻よりして、人もまじらず几帳《きちやう》の内《うち》にうち臥《ふ》して、引き出《い》でつつ見る心地、后《きさき》の位も何にかはせむ。昼は日ぐらし、夜は目の覚《さ》めたるかぎり、灯《ひ》を近くともして、これを見るよりほかのことなければ、おのづからなどは、そらにおぼえ浮かぶを、いみじきことに思ふに、夢に、いと清げなる僧の黄なる地の袈裟《けさ》着たるが来て、法華《ほけ》経《きやう》五の巻をとく習へ」と言ふと見れど、人にも語らず、習はむとも思ひかけず、物語のことをのみ心にしめて、われはこのごろわろきぞかし、さかりにならば、かたちもかぎりなくよく、髪もいみじく長くなりなむ、光の源氏の夕《ゆふ》顔《がほ》、宇治《うぢ》の大将の浮舟《うきふね》の女君《をんなぎみ》のやうにこそあらめ、と思ひける心、まづいとはかなくあさまし。

［二七『源氏物語』耽読　より］

頁〇九二～〇九三

花の咲き散るをりごとに、乳母《めのと》亡くなりしをりぞかし、とのみあはれなるに、同じをり亡くなりたまひし侍従《じじゆう》の大《だい》納言《なごん》の御むすめの手を見つつ、すずろにあはれなるに、五《さ》月《つき》ばかり、夜更《ふ》くるまで物語を読みて起きゐたれば、来《き》つらむ方《かた》も見えぬに、猫《ねこ》のいとなごう鳴いたるを、おどろきて見れば、いみじうをかしげなる猫あり。いづくより来つる猫ぞと見るに、姉なる人、「あなかま、人に聞かすな。いとをかしげなる猫なり。飼はむ」とあるに、いみじう人馴れつつ、かたはらにうち臥《ふ》したり。尋ぬる人やあると、これを隠して飼ふに、すべて下衆《げす》のあたりにも寄らず、つと前にのみありて、物もきたなげなるは、ほかさまに顔を向けて食はず。姉おととの中につとまとはれて、をかしがりらうたがるほどに、姉のなやむことあるに、もの騒がしくて、この猫を北面《きたおもて》にのみあらせて呼ばねば、かしかましく鳴きののしれども、なほさるにてこそはと思ひてあるに、わづらふ姉おどろきて「いづら、猫は。こち率《ゐ》て来《こ》」とあるを、「など」と問へば、「夢に、この猫のかたはらに来て『おのれは、侍従の大納言殿の御むすめの、かくなりたるなり。さるべき縁《えん》のいささかありて、この中の君のすずろにあはれと思ひ出《い》でたまへば、ただしばしここにあるを、このごろ下衆《げす》の中にありて、いみじうわびしきこと』と言ひて、いみじう泣くさまは、あてにをかしげなる人と見えて、うちおどろきたれば、この猫の声にてありつるが、いみじくあはれなるなり」と語りたまふを聞くに、いみじくあはれなり。その後は、この猫を北面にも出ださず、思ひかしづく。ただ一人ゐたる所に、この猫が向かひゐたれば、かいなでつつ、「侍従の大納言の姫君のおはするな。大納言殿に知らせたてまつらばや」と言ひかくれば、顔をうちまもりつつなごう鳴くも、心のなし、目のうちつけに、例の猫にはあらず、聞き知り顔にあはれなり。

［二二　猫と夢と　より］

頁〇九六～〇九八

その十三日の夜、月いみじくくまなく明かきに、みな人も寝たる夜中ばかりに、縁に出《い》でゐて、姉なる人、空をつくづくとながめて、「ただ今、ゆくへなく飛び失せなば、いかが思ふべき」と問ふに、なまおそろしと思へる気色を見て、異《こと》ごとに言ひなして笑ひなどして聞けば、かたはらなる所に、さきおふ車とまりて、「荻《をぎ》の葉、荻の葉」と呼ばすれど答へざなり。呼びわづらひて、笛をいとをかしく吹きすまして、過ぎぬなり。

笛の音《ね》のただ秋風と聞こゆるになど荻の葉のそよと答へぬ

と言ひたれば、げにとて、

荻の葉の答ふるまでも吹き寄らでただに過ぎぬる笛の音《ね》ぞ憂《う》き

かやうに明くるまでながめ明かいて、夜明けてぞみな人寝ぬる。

［二四　月夜の語らい　より］

頁〇九九

そのかへる年、四月《うづき》の夜中ばかりに火の事ありて、大納言殿の姫君と思ひかしづきし猫も焼けぬ。「大納言殿の姫君」と呼びしかば、聞き知り顔に鳴きて歩み来《き》などせしかば、父《てて》なりし人も、「めづらかにあはれなることなり。大納言に申さむ」などありしほどに、いみじうあはれにくちをしくおぼゆ。〈以下略〉

［二五　火の事　より］

頁一〇〇〜一〇三

その五月《さつき》のついたちに、姉なる人、子生みて亡くなりぬ。よそのことだに、幼くよりいみじくあはれと思ひわたるに、まして言はむかたなく、あはれ悲しと思ひ嘆かる。母などは皆亡くなりたる方《かた》にあるに、形見《かたみ》にとまりたる幼き人々を左右《ひだりみぎ》に臥《ふ》せたるに、荒れたる板屋のひまより月のもり来て、児《ちご》の顔にあたりたるが、いとゆゆしくおぼゆれば、袖《そで》をうちおほひて、いま一人をもかき寄せて、思ふぞいみじきや。

そのほど過ぎて、親族《しぞく》なる人のもとより、「昔の人の、『かならずもとめておこせよ』とありしかば、もとめしに、そのをりは、え見出《い》でずなりにしを、今しも人のおこせたるが、あはれに悲しきこと」とて、かばねたづぬる宮といふ物語をおこせたり。まことにぞあはれなるや。返り

ごとに、

うづもれぬかばねを何にたづねけむ苔《こけ》の下には身こそなりけれ

〔二六　姉の死　より〕

頁一〇六

かへる年、一月《むつき》の司召《つかさめし》に、親のよろこびすべきことありしに、かひなきつとめて、〈以下略〉

〔二八　「司召」の失意　より〕

頁一〇七

継母《ままはは》なりし人、下《くだ》りし国の名を宮にも言はるるに、こと人通はして後《のち》も、なほその名を言はると聞きて、親の、「今はあいなきよし言ひにやらむ」とあるに、

朝倉や今は雲居《くもゐ》に聞くものをなほ木《こ》のまろが名のりをやする

〔三六　継母の名のり　より〕

頁一〇八〜一〇九

四月《うづき》つごもりがた、さるべきゆゑありて、東山なる所へうつろふ。〈中略〉

霊山《りやうぜん》近き所なれば、詣《まう》でて拝みたてまつるに、いと苦しければ、山寺なる石井《いしゐ》に寄りて、手にむすびつつ飲みて、「この水のあかずおぼゆるかな」と言ふ人のあるに、

奥山の石間《いしま》の水をむすびあげてあかぬものとは今のみや知る

と言ひたれば、水飲む人、

山の井のしづくににごる水よりもこはなほあかぬ心地こそすれ

帰りて、夕日けざやかにさしたるに、都の方《かた》も残りなく見やらるるに、このしづくににごる人は、京に帰るとて、心苦しげに思ひて、またつとめて、

山の端《は》に入日の影は入りはてて心ぼそくぞながめやられし

〔二九　東山へ　より〕

頁一一〇～一一一

かやうにそこはかなきことを思ひつづくるを役《やく》にて、物《もの》詣《まう》でをわづかにしても、はかばかしく、人のやうならむとも念ぜられず。このごろの世の人は十七八よりこそ経よみ、行ひもすれ、さること思ひかけられず。からうじて思ひよることは、「いみじくやむごとなく、かたち有様、物語にある光源氏などのやうにおはせむ人を、年《とし》に一たびにても通はしたてまつりて、浮舟《うきふね》の女君《をんなぎみ》のやうに山里に隠し据ゑられて、花、紅葉、月、雪をながめて、いと心ぼそげにて、めでたからむ御文《ふみ》などを時々待ち見などこそせめ」とばかり思ひ続け、あらましごとにもおぼえけり。

〔三七「浮舟の女君」夢想　より〕

頁一一三～一一四

親となりなば、いみじうやむごとなくわが身もなりなむなど、ただゆくへなきことをうち思ひ過ぐすに、親からうじて、はるかに遠きあづまになりて、「年ごろは、いつしか思ふやうに近き所になりたらば、まづ胸あくばかりかしづきたてて、率《ゐ》て下りて、海山《うみやま》のけしきも見せ、それをばさるものにて、わが身よりも高うもてなしかしづきてみむとこそ思ひつれ、われも人も宿世《すくせ》のつたなかりければ、ありありてかくはるかなる国になりにたり。〈中略〉さりとて、わづかになりたる国を辞し申すべきにもあらねば、京にとどめて、永《なが》き別れにてやみぬべきなり。京にも、さるべきさまにもてなして、とどめむとは、思ひよることにもあらず」と、夜昼嘆かるるを聞く心地、花《はな》紅葉《もみぢ》の思ひもみな忘れて、悲しく、いみじく思ひ嘆かるれど、いかがはせむ。

〔三八　父の任官　より〕

八月《はづき》ばかりに、太秦《うづまさ》にこもるに、〈中略〉

七日さぶらふほども、ただあづま路《ぢ》のみ思ひやられて、よしなし事からうじてはなれて、「平《たひ》らかにあひ見せたまへ」と申すは、仏もあはれと聞き入れさせたまひけむかし。

〔四〇　太秦参籠　より〕

頁一一五

かうて、つれづれとながむるに、などか物詣《ものまう》でもせざりけむ。母いみじかりし古代《こだい》の人にて、「初瀬《はつせ》には、あなおそろし、奈良坂《ならさか》にて人にとられなばいかがせむ。石山《いしやま》、関山《せきやま》越えていとおそろし。鞍馬《くらま》は、さる山、率《ゐ》て出《い》でむいとおそろしや。親上《のぼ》りて、ともかくも」とさしはなちたる人のやうにわづらはしがりて、わづかに清水《きよみづ》に率てこもりたり。それにも例のくせは、まことしかべいことも思ひ申されず。彼岸《ひがん》のほどにて、いみじう騒がしうおそろしきまでおぼえて、うちまどろみ入りたるに、御帳《みちやう》のかたの犬防《いぬふせ》ぎのうちに、青き織物の衣《ころも》を着て、錦《にしき》を頭《かしら》にもかづき、足にもはいたる僧の、別当《べつたう》とおぼしきが寄り来て、「行くさきのあはれならむも知らず、さもよしなし事をのみ」と、うちむつかりて、御帳のうちに入《い》りぬと見ても、うちおどろきても、「かくなむ見えつる」とも語らず、心にも思ひとどめでまかでぬ。

〔四三　清水の夢告　より〕

頁一一六～一一七、一二〇

　母、一尺《いつさく》の鏡を鋳《い》させて、え率《ゐ》て参らぬ代はりにとて、僧を出《い》だし立てて初瀬《はつせ》に詣《まう》でさすめり。「三日さぶらひて、この人のあべからむさま、夢に見せたまへ」など言ひて、詣でさするなめり。そのほどは精進《さうじ》せさす。

　この僧帰りて、「夢をだに見で、まかでなむが、本意《ほい》なきこと、いかが帰りても申すべきと、いみじうぬかづき行ひて、寝たりしかば、御帳《みちやう》の方より、いみじうけだかう清げにおはする女の、うるはしくさうぞきたまへるが、奉りし鏡をひきさげて、『この鏡には文《ふみ》や添ひたりし』と問ひたまへば、かしこまりて、『文もさぶらはざりき。この鏡をなむ奉れとはべりし』と答へたてまつれば、『あやしかりけることかな。文添ふべきものを』とて、『この鏡を、こなたにうつれる影を見よ。これ見れば、あはれに悲しきぞ』とて、さめざめと泣きたまふを、見れば、臥しまろび泣き嘆きたる影うつれり。『この影を見れば、いみじう悲しな。これ見よ』とて、いま片つ方にうつれる影を見せたまへば、御簾《みす》ども青やかに、几帳《きちやう》押し出でたる下より、いろいろの衣《きぬ》こぼれ出で、梅桜咲きたるに、鶯《うぐひす》、木《こ》づたひ鳴きたるを見せて、『これを見るはうれしな』とのたまふとなむ見えし」と語るなり。いかに見えけるぞとだに耳もとどめず。

〔四四　初瀬の夢告　より〕

頁一二一

あづまに下りし親、からうじて上りて、西山なる所に落ち着きたれば、そこにみな渡りて見るに、いみじううれしきに、月の明かき夜一夜、物語などして、

かかるよもありけるものをかぎりとて君に別れし秋はいかにぞ

と言ひたれば、いみじく泣きて、

思ふことかなはずなぞといとひこし命のほども今ぞうれしき

これぞ別れの門出《かどで》と、言ひ知らせしほどの悲しさよりは、平らかに待ちつけたるうれしさもかぎりなけれど、「人の上にても見しに、老いおとろへて世に出《い》で交《まじ》らひしは、をこがましく見えしかば、われはかくて閉ぢこもりぬべきぞ」とのみ、残りなげに世を思ひ言ふめるに、心ぼそさ堪へず。

〔四七　父の帰京　より〕

頁一二二〜一二三、一二六〜一二七

十月《かみなづき》になりて京にうつろふ。母、尼になりて、同じ家の内なれど、方《かた》ことに住みはなれてあり。父《てて》は、ただわれをおとなにし据ゑて、われは世にも出《い》で交らはず、かげに隠れたらむやうにてゐたるを見るも、頼もしげなく、心ぼそくおぼゆるに、きこしめすゆかりある所に、「なにとなくつれづれに心ぼそくてあらむよりは」と召すを、古代《こだい》の親は、宮仕《みやづか》へ人《びと》はいと憂きことなりと思ひて、過《す》ぐさするを、「今の世の人は、さのみこそは出でたて。さてもおのづからよきためしもあり。さてもこころみよ」と言ふ人々ありて、しぶしぶに出だしたてらる。

〔四九　母の出家、父の隠遁　より〕

頁一二八〜一二九、一三二

まづ一夜《ひとよ》参る。菊の濃く薄き八つばかりに、濃き搔練《かいねり》を上に着たり。さこそ物語にのみ心を入れて、それを見るよりほかに、行き通ふ類《るい》、親族《しぞく》などだにことになく、古代の親どものかげばかりにて、月をも花をも見るよりほかのことはなきならひに、立ち出《い》づるほどの心地、あれかにもあらず、うつつともおぼえで、暁にはまかでぬ。

里びたる心地には、なかなか、定まりたらむ里住みよりは、をかしきことをも見聞きて、心もなぐさみやせむと思

ふをりをりありしを、いとはしたなく悲しかるべきことにこそあべかめれ、と思へど、いかがせむ。

［五〇　初出仕　より］

頁一三三～一三五

十二月《しはす》になりて、また参る。局《つぼね》してこのたびは日ごろさぶらふ。上には時々、夜々《よるよる》も上《のぼ》りて、知らぬ人の中にうち臥《ふ》して、つゆまどろまれず、恥づかしうもののつつましきままに、忍びてうち泣かれつつ、暁には夜深《よぶか》く下《お》りて、日ぐらし、父《てて》の、老いおとろへて、われをこととしも頼もしからむかげのやうに思ひ頼み向かひゐたるに、恋しくおぼつかなくのみおぼゆ。母亡くなりにし姪《めひ》どもも、生《む》まれしより一つにて、夜は左右《ひだりみぎ》に臥し起きするも、あはれに思ひ出《い》でられなどして、心もそらにながめ暮らさる。立ち聞き、かいまむ人のけはひして、いといみじくものつつまし。

［五一　十二月の出仕　より］

十日ばかりありて、まかでたれば、父母《ててはは》、炭櫃《すびつ》に火などおこして待ちゐたりけり。車より降《お》りたるをうち見て、「おはする時こそ人目も見え、さぶらひなどもありけれ、この日ごろは人声もせず、前に人影も見えず、いと心ぼそくわびしかりつる。かうてのみも、まろが身をばいかがせむとかする」とうち泣くを見るもいと悲し。＜以下略＞

［五二　里の父母　より］

頁一三六～一三七

聖《ひじり》などすら、前《さき》の世のこと夢に見るは、いと難かなるを、いとかう、あとはかないやうに、はかばかしからぬ心地に、夢に見るやう、清水《きよみづ》の礼堂《らいだう》にゐたれば、別当《べつたう》とおぼしき人出《い》で来て、「そこは前《さき》の生《しやう》に、この御寺《みてら》の僧にてなむありし。仏師《ぶつし》にて、仏をいと多く造りたてまつりし功徳《くどく》によりて、ありし素姓《すざう》まさりて人と生まれたるなり。この御堂《みだう》の東におはする丈六《ぢやうろく》の仏は、そこの造りたりしなり。箔《はく》を押しさして亡くなりにしぞ」と。「あないみじ。さは、あれに箔押したてまつらむ」と言へば、「亡くなりにしかば、こと人箔押したてまつりて、こと人供養《くやう》もしてし」と見て後、清水にねむごろに参りつかうまつらましかば、前の世にその御寺に仏念じ申しけむ力に、おのづからようもやあらまし。いと言ふかひなく、詣《まう》でつかうまつることもなくてやみにき。

［五三　前世の夢　より］

頁一三八〜一三九

十二月二十五日、宮の御仏名《ごぶつみやう》に召しあれば、その夜ばかりと思ひて参りぬ。白き衣《きぬ》どもに、濃き掻練《かいねり》をみな着て、四十余人ばかり出《い》でゐたり。しるべしいでし人のかげに隠れて、あるが中にうちほのめいて、暁にはまかづ。雪うち散りつつ、いみじくはげしく冴《さ》え凍る暁がたの月の、ほのかに濃き掻練の袖にうつれるも、げに濡《ぬ》るる顔なり。道すがら、

　年は暮れ夜は明け方の月かげの袖にうつれるほどぞ
　　はかなき

［五四　宮の御仏名　より］

頁一四〇、一四四〜一四五

かう立ち出《い》でぬとならば、さても宮仕への方《かた》にもたち馴れ、世にまぎれたるも、ねぢけがましきおぼえもなきほどは、おのづから人のやうにもおぼしもてなさせたまふやうもあらまし。親たちも、いと心得ず、ほどもなく籠《こ》め据《す》ゑつ。さりとて、その有様の、たちまちにきらきらしき勢ひなどあんべいやうもなく、いとよしなかりけるすずろ心にても、ことのほかにたがひぬる有様なりかし。

　幾千《いくち》たび水の田芹《たぜり》を摘《つ》みしかは思ひしことのつゆも
　　かなはぬ

とばかりひとりごたれてやみぬ。

［五五　結婚、家庭へ　より］

頁一五〇〜一五三

その後は、なにとなくまぎらはしきに、物語のこともうち絶え忘られて、ものまめやかなるさまに心もなりはててぞ、などて、多くの年月を、いたづらにて臥し起きしに、行ひをも物詣《ものまう》でをもせざりけむ。このあらましごととても、思ひしことどもは、この世にあんべかりけることどもなりや。光源氏ばかりの人はこの世におはしけりやは。薫《かをる》大将《だいしやう》の宇治《うぢ》に隠し据ゑたまふべきもなき世なり。あなものぐるほし。いかによしなかりける心なり、と思ひしみ

はてて、まめまめしく過ぐすとならば、さてもありはてず。

〔五六　物語の夢ついえる　より〕

頁一五四～一五七

参りそめし所にも、かくかきこもりぬるを、まこととももおぼしめしたらぬさまに人々も告げ、たえず召しなどするなかにも、わざと召して、「若い人参らせよ」と仰せらるれば、えさらず出《い》だし立つるに引かされて、また時々出で立てど、過ぎにし方のやうなるあいなだのみの心おごりをだに、すべきやうもなくて、さすがに若い人に引かれて、をりをりさし出づるにも、馴れたる人は、こよなく、なにごとにつけてもありつき顔に、われはいと若人《わかうど》にあるべきにもあらず、またおとなにせらるべきおぼえもなく、時々のまらうとにさし放たれて、すずろなるやうなれど、ひとへにそなた一つを頼むべきならねば、われよりまさる人あるも、うらやましくもあらず。なかなか心やすくおぼえて、さんべきをりふし参りて、つれづれなるさんべき人と物語などして、めでたきことも、をかしくおもしろきをりをりも、わが身はかやうにたちまじり、いたく人にも見知られむにも、はばかりあんべければ、ただ大方のことにのみ聞きつつ過ぐすに、内裏《うち》の御供に参りたるをり、有明《ありあけ》の月いと明かきに、わが念じ申す天照御神《あまてるおほんかみ》は内裏《うち》にぞおはしますなるかし、かかるをりに参りて拝みたてまつらむと思ひて、四月《うづき》ばかりの月の明かきに、いと忍びて参りたれば、博士《はかせ》の命婦《みやうぶ》は知るたよりあれば、燈籠《とうろ》の火のいとほのかなるに、あさましく老い神さびて、さすがにいとようものなど言ひゐたるが、人ともおぼえず、神のあらはれたまへるかとおぼゆ。

〔五七　宮家に再出仕　より〕

頁一五八～一五九

またの夜も、月のいと明かきに、藤壺《ふぢつぼ》の東《ひむがし》の戸を押しあけて、さべき人々物語しつつ月をながむるに、＜以下略＞

〔五八　梅壺の女御　より〕

頁一六〇～一六七

上達部《かんだちめ》、殿上人《てんじやうびと》などに対面する人は、定まりたるやうなれば、うひうひしき里人《さとびと》は、ありなしをだに知らるべきにもあらぬに、十月《かみなづき》ついたちごろの、いと暗き夜、不断経《ふだんぎやう》に、声よき人々読むほどなりとて、そなた近き戸口に二人ばかりたち出《い》でて聞きつつ、物語して寄り臥《ふ》してあるに、参りたる人のあるを、「逃げ入りて、局《つぼね》なる人々呼び上げなどせむも見苦し。さはれ、ただ折からこそ。かくてただ」と言ふいま一人のあれば、かたはらにて聞きゐたるに、おとなしく静やかなるけはひにてものなど言ふ、くちをしからざなり。「いま一人は」など問ひて、世のつねのうちつけのけさうびてなども言ひなさず、世の中のあはれなることどもなど、こまやかに言ひ出でて、さすがにきびしう、引き入りがたいふしぶしありて、われも人も答へなどするを、「まだ知らぬ人のありける」などめづらしがりて、とみに立つべくもあらぬほど、星の光だに見えず暗きに、うちしぐれつつ、木《こ》の葉にかかる音のをかしきを、「なかなかに艶《えん》にをかしき夜かな。月の隈なく明かからむもはしたなくまばゆかりぬべかりけり」。

春秋《はるあき》のことなど言ひて、〈中略〉「いづれにか御心とどまる」と問ふに、秋の夜に心を寄せて答へたまふを、さのみ同じさまには言はじとて、

あさみどり花もひとつに霞みつつおぼろに見ゆる春
の夜の月

と答へたれば、かへすがへすうち誦《ずん》じて、「さは、秋の夜はおぼし捨てつるななりな。

今宵《こよひ》より後《のち》の命のもしもあらばさは春の夜を形見《かたみ》と
思はむ」

と言ふに、秋に心寄せたる人、

人はみな春に心を寄せつめりわれのみや見む秋の夜
の月

とあるに、いみじう興じ、思ひわづらひたるけしきにて、「唐土《もろこし》などにも、昔より春秋の定めは、えしはべらざなるを、このかうおぼし分《わ》かせたまひけむ御心ども、思ふに、ゆゑはべらむかし。〈中略〉」など言ひて、別れにし後は、誰と知られじと思ひしを、またの年の八月《はづき》に、内裏《うち》へ入《い》らせたまふに、夜もすがら殿上にて御遊びありけるに、この人のさぶらひけるも知らず、その夜は下《しも》に明かして、細殿《ほそどの》の遣戸《やりど》を押しあけて見出だしたれば、暁がたの月の、あるかなきかにをかしきを見るに、沓《くつ》の声聞こえて、読経《どきやう》などする人もあり。読経の人は、この遣戸口に立ち止《と》まりて、

ものなど言ふに答へたれば、ふと思ひ出でて、「時雨の夜こそ、片時《かたとき》忘れず恋しくはべれ」と言ふに、ことながう答ふべきほどならねば、

何さまで思ひ出でけむなほざりの木《こ》の葉にかけし時
雨ばかりを

とも言ひやらぬを、人々また来あへば、やがてすべり入りて、その夜さり、まかでにしかば、もろともなりし人尋ねて、返ししたりしなども、後にぞ聞く。「『ありし時雨のやうならむに、いかで琵琶《びは》の音《ね》のおぼゆるかぎり弾《ひ》きて聞かせむ』となむある」と聞くに、ゆかしくて、われもさるべきをりを待つに、さらになし。

春ごろ、のどやかなる夕つかた、参りたなりと聞きて、その夜もろともなりし人とゐざり出づるに、外《と》に人々参り、内にも例の人々あれば、出でさいて入りぬ。あの人もさや思ひけむ、しめやかなる夕暮をおしはかりて参りたりけるに、騒がしかりければまかづめり。

かしまみて鳴門《なると》の浦にこがれ出《い》づる心は得《え》きや磯《いそ》の
あま人

とばかりにてやみにけり。あの人柄もいとすくよかに、世の常ならぬ人にて、「その人は、かの人は」なども、尋ね問はで過ぎぬ。

［六二　時雨の夜の思い出　より］

頁一七〇～一七二

＜前文略＞後の世までのことをも思はむと思ひはげみて、十一月《しもつき》の二十余日、石山に参る。＜以下略＞

［六三　石山詣で　より］

そのかへる年の十月《かみなづき》二十五日、大嘗会《だいじやうゑ》の御禊《ごけい》とののしるに、初瀬の精進《さうじ》はじめて、その日、京を出《い》づるに、さるべき人々、「一代に一度の見物《みもの》にて、田舎《ゐなか》世界の人だに見るものを、月日多かり、その日しも京をふり出でて行かむも、いとも狂ほしく、流れての物語ともなりぬべきことなり」など、はらからなる人は言ひ腹立てど、児《ちご》どもの親なる人は、「いかにもいかにも、心にこそあらめ」とて、言ふに従ひて出だし立つる心ばへもあはれなり。ともに行《ゆ》く人々もいといみじく物ゆかしげなるは、いとほしけれど、「物見て何にかはせむ。かかるをりに詣でむ志を、さりともおぼしなむ。かならず仏の御しるしを見む」と思

ひ立ちて、その暁に京を出づるに、二条の大路《おほぢ》をしも渡りて行くに、さきにみあかし持たせ、供の人々浄衣《じやうえ》姿なるを、そこら、桟敷《さじき》どもに移るとて行きちがふ馬《むま》も車もかち人も、「あれはなぞ、あれはなぞ」と、やすからず言ひおどろき、あさみ笑ひ、あざける者どももあり。＜中略＞
宇治《うぢ》の渡りに行き着きぬ。

そこにも、なほしもこなたざまに渡りする者ども立ちこみたれば、舟の揖《かぢ》とりたるをのこども、舟を待つ人の数も知らぬに心おごりしたるけしきにて、袖をかいまくりて、顔にあてて、棹《さを》に押しかかりて、とみに舟も寄せず、うそぶいて見まはし、いといみじうすみたるさまなり。無期《むご》にえ渡らで、つくづくと見るに、紫の物語に宇治の宮のむすめどものことあるを、いかなる所なれば、そこにしも住ませたるならむとゆかしく思ひし所ぞかし。げにをかしき所かな、と思ひつつ、からうじて渡りて、殿の御領所《ごらうしよ》の宇治殿を入《い》りて見るにも、浮舟《うきふね》の女君《をんなぎみ》のかかる所にやありけむなど、まづ思ひ出でらる。＜以下略＞

［六四　初瀬詣で　より］

頁一七三

原文省略

頁一七四

うらうらとのどかなる宮にて、同じ心なる人三人《みたり》ばかり、物語などして、まかでてまたの日、つれづれなるままに、恋しう思ひ出《い》でらるれば、二人の中に、

袖ぬるる荒磯浪《あらいそなみ》と知りながらともにかづきをせしぞ
　恋しき

と聞こえたれば、

荒磯はあされど何のかひなくてうしほに濡るる海人《あま》
　の袖かな

いま一人、

みるめ生《お》ふる浦にあらずは荒磯の浪間《なみま》かぞふる海人
　もあらじを

［七二　二人の友と　より］

頁一七五

同じ心に、かやうに言ひかはし、世の中の憂《う》きもつらきもをかしきも、かたみに言ひ語らふ人、筑前《ちくぜん》に下《くだ》りて後、

月のいみじう明かきに、かやうなりし夜、宮に参りて、会ひては、つゆまどろまずながめ明かいしものを、恋しく思ひつつ寝入りにけり。宮に参りあひて、うつつにありしやうにてありと見て、うちおどろきたれば、夢なりけり。月も山の端《は》近うなりにけり。覚めざらましをと、いとどながめられて、

夢さめて寝覚《ねざめ》の床の浮くばかり恋ひきと告げよ西へ行く月

〔七三　筑前の友　より〕

頁一七六～一七七、一七九

世の中に、とにかくに心のみ尽くすに、宮仕へとても、もとは一筋に仕うまつりつかばやいかがあらむ、時々立ち出《い》でば、なになるべくもなかめり。年はややさだ過ぎゆくに、若々しきやうなるも、つきなうおぼえならるるうちに、身の病《やまひ》いと重くなりて、心にまかせて物詣《ものまう》でなどせしこともえせずなりたれば、わくらばの立ち出でも絶えて、長らふべき心地もせぬままに、幼き人々を、いかにもいかにもわがあらむ世に見おくこともがなと、臥《ふ》し起き思ひ嘆き、頼む人のよろこびのほどを、心もとなく待ち嘆かるるに、秋になりて待ちいでたるやうなれど、思ひしにはあらず、いと本意なくくちをし。〈以下略〉

〔七五　夫の任官　より〕

二十七日に下《くだ》るに、男《をとこ》なるは添ひて下る。紅《くれなゐ》の打ちたるに、萩《はぎ》の襖《あを》、紫苑《しをん》の織物の指貫《さしぬき》着て、太刀《たち》はきて、しりに立ちて歩み出《い》づるを、それも織物の青鈍色《あをにびいろ》の指貫《さしぬき》、狩衣《かりぎぬ》着て、廊《らう》のほどにて馬に乗りぬ。ののしり満ちて下りぬる後、こよなうつれづれなれど、いといたう遠きほどならずと聞けば、さきざきのやうに心ぼそくなどはおぼえであるに、送りの人々、またの日帰りて、「いみじうきらきらしうて下りぬ」など言ひて、「この暁に、いみじく大きなる人だまの立ちて、京ざまへなむ来ぬる」と語れど、供の人などのにこそはと思ふ。ゆゆしきさまに思ひだによらむやは。

〔七六　任国下向　より〕

頁一七八

今は、いかでこの若き人々おとなびさせむと思ふより

ほかのことなきに、かへる年の四月《うづき》に上り来て、夏秋も過ぎぬ。

九月《ながつき》二十五日よりわづらひ出《い》でて、十月《かみなづき》五日に夢のやうに見ないて思ふ心地、世の中にまたたぐひあることともおぼえず。初瀬《はつせ》に鏡奉りしに、臥しまろび泣きたる影の見えけむは、これにこそはありけれ。うれしげなりけむ影は、来しかたもなかりき。今ゆく末はあべいやうもなし。二十三日、はかなく雲煙になす夜、去年《こぞ》の秋、いみじくしたてかしづかれて、うち添ひて下りしを見やりしを、いと黒き衣《きぬ》の上にゆゆしげなる物を着て、車の供に泣く泣く歩み出でて行くを見出だして、思ひ出づる心地、すべてたとへむかたなきままに、やがて夢路にまどひてぞ思ふに、その人や見にけむかし。

［七七　夫の死　より］

頁一八〇～一八一

昔より、よしなき物語、歌のことをのみ心にしめで、夜昼思ひて行ひをせましかば、いとかかる夢の世をば見ずもやあらまし。初瀬にて前のたび、「稲荷《いなり》より賜ふ験《しるし》の杉よ」とて投げ出《い》でられしを、出でしままに、稲荷に詣《まう》でたらましかば、かからずやあらまし。年ごろ「天照御神《あまてるおほんかみ》を念じたてまつれ」と見ゆる夢は、人の御乳母《めのと》して、内裏《うち》わたりにあり、みかど、后《きさき》の御かげにかくるべきさまをのみ、夢解《ゆめと》きも合はせしかども、そのことは一つかなはでやみぬ。ただ悲しげなりと見し鏡の影のみたがはぬ、あはれに心憂し。かうのみ心に物のかなふ方なうてやみぬる人なれば、功徳《くどく》も作らずなどしてただよふ。

［七八　悔恨　より］

頁一八四～一八五

さすがに命は憂きにも絶えず長らふめれど、後《のち》の世も思ふにかなはずぞあらむかしとぞうしろめたきに、頼むこと一つぞありける。天喜三年十月十三日の夜の夢に、居たる所の家《や》のつまの庭に、阿弥陀仏《あみだぼとけ》立ちたまへり。さだかには見えたまはず、霧ひとへ隔たれるやうに透《す》きて見えたまふを、せめて絶え間に見たてまつれば、蓮華《れんげ》の座の、土を上がりたる高さ三四尺、仏の御たけ六尺ばかりにて、金色《こんじき》に光り輝《かかや》きたまひて、御手、片つ方をばひろげたるやうに、いま片つ方には印を作りたまひたるを、こと人の目には見つけたてまつらず、われ一人見たてまつるに、さすがにいみじくけおそろしければ、簾《すだれ》のもと近くよりてもえ見たてまつらねば、仏、「さは、このたびは帰りて、後に迎へに来《こ》む」とのたまふ声、わが耳一つに聞こえて、人はえ聞きつけずと見るに、うちおどろきたれば、十四日なり。
この夢ばかりぞ後の頼みとしける。

〔七九　阿弥陀仏来迎の夢　より〕

頁一八六～一八九

甥《をひ》どもなど、一ところにて朝夕見るに、かうあはれに悲しきことの後《のち》は、ところどころになりなどして、誰も見ゆることかたうあるに、いと暗い夜、六郎にあたる甥《をひ》の来たるに、めづらしうおぼえて、

月も出《い》でで闇《やみ》にくれたる姨捨《をばすて》になにとて今宵《こよひ》たづね
来つらむ

とぞ言はれにける。

〔八〇　姨捨　より〕

ねむごろに語らふ人の、かうて後《のち》、おとづれぬに、

今は世にあらじものとや思ふらむあはれ泣く泣くな
ほこそは経《ふ》れ

十月《かみなづき》ばかり、月のいみじう明かきを、泣く泣くながめて、

ひまもなき涙にくもる心にも明かしと見ゆる月の影
かな

〔八一　涙の日々　より〕

『更級日記』原文は『更級日記 現代語訳付き』
（原岡文子訳注／角川ソフィア文庫）による

参考文献

●更級日記（原岡文子訳注／角川ソフィア文庫）
●更級日記（池田利夫訳注／笠間書院）
●更級日記　古典の旅5（杉本苑子／講談社）
●更級日記（江國香織訳／河出書房新書）
●人物日本の女性史第6巻　日記につづる哀歓（円地文子監修／集英社）
●蜻蛉日記／更級日記／和泉式部日記（三角洋一著・津島佑子著／新潮社）
●ビギナーズ・クラシックス　日本の古典　更級日記（川村裕子編／角川ソフィア文庫）
●更級日記の新世界（福家俊幸編・和田律子編・久下裕利編／武蔵野書院）
●藤原頼通の文化世界と更級日記（和田律子著／新典社）
●百代の過客　日記にみる日本人（ドナルド・キーン著・金関寿夫訳／講談社）
●古典文学にみる　女性の生き方事典（西沢正史編／国書刊行会）
●あたらしい平安文化の教科書　平安王朝文学期の文化がビジュアルで楽しくわかる、リアルな暮らしと風俗（承香院著／翔泳社）
●有職装束大全（八條忠基著／平凡社）
●新書版　性差の日本史（国立歴史民俗博物館監修・「性差の日本史」展示プロジェクト著／集英社インターナショナル）

胸《むね》はしる 更級日記《さらしなにっき》

2024年　10月2日　初版発行

著者　小迎《こむかい》 裕美子《ゆみこ》　菅原孝標女《すがわらのたかすえのむすめ》
監修　赤間《あかま》 恵都子《えつこ》（十文字学園女子大学名誉教授）
発行者　山下 直久
発行　株式会社KADOKAWA
〒102-8177　東京都千代田区富士見2-13-3
電話0570-002-301（ナビダイヤル）

印刷所／株式会社加藤文明社
製本所／株式会社加藤文明社

●お問い合わせ
https://www.kadokawa.co.jp/
（「お問い合わせ」へお進みください）
※内容によっては、お答えできない場合があります。
※サポートは日本国内のみとさせていただきます。
※Japanese text only

定価はカバーに表示してあります。

ISBN 978-4-04-606875-0　C0095

小迎裕美子
（こむかい・ゆみこ）

愛知県名古屋市生まれ。広告デザイン事務所勤務を経てフリーイラストレーターに。雑誌を中心に、テレビ、広告、WEBなどで活躍中。著書に『新編　本日もいとをかし!!　枕草子』、『新編　人生はあはれなり…　紫式部日記』（共にKADOKAWA）、『脱力道場』（小学館）、『だいこくばしズム』（朝日新聞出版）などがある。
X @ComukaiYMK

赤間恵都子
（あかま・えつこ）

石川県金沢市生まれ。十文字学園女子大学名誉教授。博士（文学）。専攻は、『枕草子』『蜻蛉日記』などの平安女流文学。著書に『歴史読み枕草子　清少納言の挑戦』（三省堂）、監修に『新編　本日もいとをかし!!　枕草子』、『新編　人生はあはれなり…　紫式部日記』（以上、KADOKAWA）などがある。

スタッフ

デザイン
川名潤

DTP
松浦好美